Tucholsky Wagner Zola Scott Sydow Freud Schlegel
Turgenev Fonatne Wallace

Twain Walther von der Vogelweide Fouqué Friedrich II. von Preußen
Weber Freiligrath Frey

Fechner Weiße Rose von Fallersleben Kant Ernst Frommel
Fichte Richthofen

Fehrs Engels Fielding Hölderlin
Faber Flaubert Eichendorff Tacitus Dumas

Feuerbach Maximilian I. von Habsburg Fock Eliasberg Zweig Ebner Eschenbach
Ewald Eliot Vergil

Goethe Elisabeth von Österreich London
Mendelssohn Balzac Shakespeare Dostojewski Ganghofer
Trackl Lichtenberg Rathenau Doyle Gjellerup
Stevenson Hambruch
Mommsen Tolstoi Lenz Droste-Hülshoff
Thoma Hanrieder

Dach von Arnim Hägele Hauff Humboldt
Reuter Verne Rousseau Hagen Hauptmann Gautier
Karrillon Garschin

Damaschke Defoe Hebbel Baudelaire
Descartes Hegel Kussmaul Herder

Wolfram von Eschenbach Dickens Schopenhauer Rilke George
Darwin Melville Grimm Jerome
Bronner Bebel Proust
Campe Horváth Aristoteles

Bismarck Vigny Barlach Voltaire Federer Herodot
Gengenbach Heine

Storm Casanova Tersteegen Grillparzer Georgy
Chamberlain Lessing Langbein Gilm Gryphius
Brentano Lafontaine
Strachwitz Claudius Schiller Iffland Sokrates
Kralik
Katharina II. von Rußland Bellamy Schilling
Gerstäcker Raabe Gibbon Tschechow

Löns Hesse Hoffmann Gogol Wilde Vulpius
Luther Heym Hofmannsthal Gleim
Roth Klee Hölty Morgenstern Goedicke
Luxemburg Heyse Klopstock Kleist
La Roche Puschkin Homer Mörike Musil
Machiavelli Horaz
Navarra Aurel Musset Kierkegaard Kraft Kraus
Lamprecht Kind Kirchhoff Hugo Moltke
Nestroy Marie de France

Nietzsche Nansen Laotse Ipsen Liebknecht
Marx
von Ossietzky Lassalle Gorki Klett Ringelnatz
May vom Stein Lawrence Leibniz
Petalozzi Irving
Platon Knigge
Sachs Pückler Michelangelo Kafka
Poe Kock
de Sade Praetorius Mistral Liebermann Korolenko
Zetkin

Der Verlag tredition aus Hamburg veröffentlicht in der Reihe **TREDITION CLASSICS** Werke aus mehr als zwei Jahrtausenden. Diese waren zu einem Großteil vergriffen oder nur noch antiquarisch erhältlich.

Symbolfigur für **TREDITION CLASSICS** ist Johannes Gutenberg (1400 — 1468), der Erfinder des Buchdrucks mit Metalllettern und der Druckerpresse.

Mit der Buchreihe **TREDITION CLASSICS** verfolgt tredition das Ziel, tausende Klassiker der Weltliteratur verschiedener Sprachen wieder als gedruckte Bücher aufzulegen – und das weltweit!

Die Buchreihe dient zur Bewahrung der Literatur und Förderung der Kultur. Sie trägt so dazu bei, dass viele tausend Werke nicht in Vergessenheit geraten.

Hart am Rande

Levin Schücking

Impressum

Autor: Levin Schücking
Umschlagkonzept: toepferschumann, Berlin

Verlag: tredition GmbH, Hamburg
ISBN: 978-3-8424-1341-2
Printed in Germany

Einleitung des Herausgebers

Als Levin Schücking am 31. August 1883 seine Augen zum ewigen Schlummer schloß, konnte niemand ahnen, daß der literarische Ruhm dieses Dichters, der vier Jahrzehnte hindurch das Interesse des gebildeten Publikums rege gehalten hatte, so schnell verblassen würde. An der betrübenden Tatsache, daß selbst viele der besten Romane Schückings, die ihm den Ehrennamen des deutschen Walter Scott eintrugen, heute mit den einst vielgelesenen Werken anderer vergangener Größen in den Leihbibliotheken ein gar ruhmloses Dasein fristen, ändert auch die Anerkennung nichts, die dem Schaffen des Dichters von namhaften Kritikern in unseren Tagen noch gezollt wird. Als Adolf Stern seine Geschichte der neueren Literatur schrieb, war Levin Schücking eben gestorben, deshalb wiegt sein Zeugnis in dieser Sache nicht sehr schwer; mehr gilt das Wort von Adolf Bartels im zweiten Bande seiner Geschichte der deutschen Literatur: »... Die Bedeutung seiner besten Romane, zu denen noch zahlreiche Novellen traten, beruht auf der Schilderung der heimatlichen Besonderheiten, der westfälischen Natur und Menschen. Im besonderen ist es Schücking sehr oft gelungen, den Übergang von der alten zur neuen Zeit im Revolutions- und Napoleonischen Zeitalter mit eigentümlicher Stimmungsgewalt darzustellen; darin leistete er das für Westdeutschland, was Edmund Hoefer für die Ostseegegenden vollbracht hat.«

Ehe ich jedoch auf das Schaffen Schückings eingehe, gebe ich im Anschluß an die Arbeit Hermann Hüffers in der Allgemeinen deutschen Biographie, die mir der Verfasser mit seinem wertvollen Aufsatze »Levin Schücking, insbesondere in seinem Verhältnis zu Annette v. Droste« (Beilage zur Allgem. Zeitung, 1886, Nr. 84-87) für diese Einleitung freundlichst zur Verfügung stellte, eine knappe Darstellung vom Lebenswege Schückings.

Christoph Bernhard Levin Schücking wurde am 6. September 1814 zu Clemenswerth bei Meppen geboren, als Sprosse eines alten westfälischen Geschlechtes, das schon 1362 zu den ritterbürtigen Familien der Stadt Coesfeld gehört. Der Vater des Dichters war ein tätiger, lebhafter, aber leidenschaftlicher und eigenwilliger Mann, der sich in seiner Beamtenlaufbahn in mannigfaches Mißgeschick verwickelte. Die Mutter, eine Frau von seltener Begabung und Liebenswürdigkeit, war eine Verwandte M. Sprickmanns und wurde durch ihn in den Kreis der Fürstin Gallitzin und bei der Familie Droste-Hülshoff eingeführt, wo sie mit der zweiten Tochter Annette Freundschaft schloß. Katharina Schücking hat ihre zahlreichen Dichtungen, von denen nicht wenige ein edles, sinniges Gemüt und ein feines Naturgefühl zu glücklichem Ausdruck bringen, niemals in einer Sammlung veröffentlicht, sondern nur gelegentlich in Zeitschriften und literarischen Taschenbüchern. Auf dem Schlosse Clemenswerth, in einem durch die Kunst geschaffenen Park, inmitten unabsehbarer Heiden, erwuchs ihr ältester Sohn Levin, bis er im Jahre 1830 auf das Gymnasium nach Münster geschickt wurde. Von seiner Mutter erhielt er einen Empfehlungsbrief an die befreundete Dichterin, die damals mit ihrer Mutter und der einzigen Schwester eine Stunde von Münster das kleine Landgut Rüschhaus bewohnte. In seinen »Lebenserinnerungen« hat er anmutig geschildert, wie er an einem Frühlingstage 1831 freundlich dort empfangen wurde. Am 2. November desselben Jahres verlor er seine Mutter. Annette v. Droste-Hülshoff begnügte sich nicht damit, der Freundin in einem ihrer schönsten Gedichte einen tiefempfundenen Nachruf zu widmen; sie nahm sich auch mit mütterlicher Sorge des verlassenen Knaben an, der jedoch bald von Münster nach Osnabrück übersiedelte, seit 1833 in München, Heidelberg und Göttingen nicht eben leidenschaftlich Jurisprudenz studierte und erst 1837 nach Münster zurückkehrte. Was ihm dort bevorstand, mag man in seinen Erinnerungen (I, 104 ff,) lesen. Von seinem Vater, der in zweiter Ehe lebte, hatte er nichts mehr zu erwarten, und als geborener Hannoveraner konnte er den Zulaß zu einer juristischen Prüfung in Preußen nicht erlangen. Aber der scheinbare Nachteil gab für sein Leben die glückliche Entscheidung: er nötigte ihn, seiner Lieblingsneigung zu folgen und die in Göttingen nur nebenbei betriebenen literarischen Studien zur Hauptsache zu machen. Freilich an Bedrängnissen fehlte es nicht. Nur mit Mühe, durch Privatstunden in neueren Sprachen, konnte er das unentbehrliche gewinnen. Seine Dichtungen trugen nichts ein; was ihm aushalf, war sein kritisches Talent. Er wurde Mitarbeiter an mehreren Zeitschriften, insbesondere an dem von Gutzkow redigierten Telegraphen. Mit Annette v. Droste bestand vorerst nur eine lose Verbindung. Erst das Erscheinen von Annettens Gedichten und gesellschaftliche Berührungen führten wieder engere Beziehungen herbei, und zahlreiche Briefe der Dichterin geben Zeugnis, wie eifrig sie sich bemühte, dem bedrängten jungen Manne durch befreundete Personen eine sichere Stellung zu verschaffen.

Im Sommer 1839 wurde Schücking mit Freiligrath befreundet, der nach Münster gekommen war, um für das von dem Buchhändler Langewiesche ihm übertragene Werk »Das malerische und romantische Westfalen« Studien zu machen. Als Freiligrath sich der Ausführung dieser Aufgabe nicht gewachsen fühlte, trat Schücking, an historischen und literarischen Kenntnissen ihm weit überlegen, mit der zweiten Lieferung Ende 1840 für ihn ein. Aber auch diesem würde es schwer geworden sein, in der verabredeten kurzen Frist das Werk zu beendigen, hätte nicht Annette, beseelt von gleicher Heimatsliebe, unterstützt durch ihre Orts- und Personenkunde, mit der uneigennützigsten Freundschaft ihm Beistand geleistet. Auch an anderen Arbeiten Schückings war sie beteiligt, und ich bedaure lebhaft, die sich hierauf beziehenden hochinteressanten Ausführungen Hermann Hüffers in dem oben erwähnten, in der Allgemeinen Zeitung veröffentlichten Aufsatze hier nicht wiedergeben zu können. Aus dem Schützling war mittlerweile ein Freund geworden. Die Freundschaft erstarkte noch, als Schücking mit ihr auf der Meersburg weilte, wo er die Bibliothek des Freiherrn v. Laßberg ordnete, des Schwagers der großen Dichterin. Über das Freundschaftsverhältnis zwischen Annette v. Droste-Hülshoff und Levin Schücking ist viel geschrieben worden, auch viel Unzutreffendes; hier ist aber nicht der Ort dafür, näher darauf einzugehen. Das glückliche Zusammensein auf der Meersburg dauerte vom Herbst 1841 bis zum Frühling des nächsten Jahres. Ostern 1842 ging Schücking, einem Rufe des Fürsten Wrede folgend, nach Schloß Ellingen in Franken, um die Erziehung der beiden Söhne des Fürsten zu übernehmen. Die Verhältnisse dort waren aber wenig erfreulicher Art, und Schücking war deshalb sehr erfreut, als ihn Freiherr v. Cotta aufforderte, an der Redaktion der Allgemeinen Zeitung teilzunehmen. Die neue Stellung bot ihm auch die Möglichkeit, den sehnlich gewünschten eigenen Hausstand zu gründen. Am 7. Oktober 1848 vermählte er sich mit Luise v. Gall und trat dann seine Stellung in Augsburg an. In angenehmem Verkehr mit Kolb, dem Leiter der Zeitung, und so ausgezeichneten Mitarbeitern wie Fallmerayer und List verlebte er dort zwei Jahre, übernahm aber im Herbste 1845 unter sehr günstigen Bedingungen die Redaktion des Feuilletons der Kölnischen Zeitung. Das Verhältnis zu seiner westfälischen Freundin war leider nicht mehr ungetrübt. Er hat sie auch bis zu ihrem Tode am 24. Mai 1848 nicht wiedergesehen.

Im Auftrage der Kölnischen Zeitung reiste er 1846 nach Paris, wo er mit Heinrich Heine in lebhaften, beinahe vertrauten Verkehr trat. Im Herbst 1847 wurde er zu längerem Aufenthalt nach Rom gesandt, um über die Reformen Pius' IX. und die begeisterten Regungen italienischen Nationalgefühls zu berichten. Die Nachricht von der Pariser Februarrevolution rief ihn nach Deutschland zurück. Noch vier Jahre verlebte er am Rhein; dann bewog ihn die Neigung zu vollkommener Unabhängigkeit, seine Stellung an der Kölnischen Zeitung aufzugeben. Seine Romane hatten ihn zu so anerkannter Geltung gebracht, daß ein so fleißiger Arbeiter wie er den Schritt in die Freiheit wagen durfte. Am 6. September 1852 machte ihn ein Kaufvertrag mit einer Verwandten zum Herrn des alten Stammgutes zu Sassenberg in der Nähe von Warendorf, das er noch vor Ende des Monats bezog. Zwei Söhne und zwei Töchter wuchsen heran; aber das glückliche Familienleben wurde durch den Tod der Mutter am 16. März 1855 getrübt. Schücking hat den Verlust niemals verschmerzt.

Seine Schaffenskraft blieb ungeschwächt; beinahe jährlich folgte von jetzt an ein größeres Werk, begleitet von Novellen und einigen dramatischen Versuchen. In dem einfachen Lebensgange des Dichters trat beinahe dreißig Jahre hindurch keine erhebliche Veränderung ein. Den Sommer verbrachte er gewöhnlich auf seinem Landgute, den Winter in Münster inmitten eines angeregten Verkehrs, zu dem auch fremde Besucher nicht selten beitrugen. Fünf Winter verlebte er auch in Rom, den von 1877 auf 1878 in Wien, wo ihm der Umgang mit Betty Paoli zu besonderer Freude gereichte. Am Schlusse seiner Biographie erzählt Hüffer: »Im April 1882 sah ich ihn zum letzten Male in Berlin, lebhaft angeregt, beweglich, als seien einige Jahrzehnte wirkungslos an ihm vorübergegangen, der helle Blick des Auges ungetrübt und das volle schwarze Haar noch ungebleicht. Um so weniger erwartet, um so betrübender kam im folgenden Jahre die Nachricht, daß er am 31. August 1883 zu Pyrmont in dem Hause seines dort als Arzt lebenden jüngsten Sohnes sanft und schmerzlos verschieden sei,« Emmy v. Dincklage sandte einen Heidekranz mit den Begleitversen:

Still, ernst und groß, der Heideheimat Sohn,
Ein Geist, der stets sich selber treu geblieben,
Bist sorgsam du dem lauten Schwarm entflohn
Und hast aus tiefstem, innerm Drang geschrieben;
Ruh sanft in roter Erd', ein hehrer Glanz
Auf deiner Gruft wird lang' nach uns noch leuchten,
Nimm, braver Mann, der Heimat Heidekranz,
Den schwere Freundestränen feuchten.

In Franz Brümmers Lexikon der deutschen Dichter und Prosaisten des 19. Jahrhunderts füllen die Titel der Werke Levin Schückings mehr als zwei Spalten, und es würde ein jahrelanges Studium erforderlich sein, wollte ein Verehrer des Dichters sein literarisches Schaffen in der Gesamtheit würdigen; selbst Hüffer gesteht, daß ihm Schückings zahlreiche Romane nicht ausreichend bekannt seien zur Erfüllung einer solchen Absicht. Trotz seiner großen Fruchtbarkeit ist Levin Schücking nach dem Urteile von Adolf Bartels aber nie von einer gewissen literarischen Höhe herabgesunken und Eugen Zabel urteilt, daß seine Produktivität niemals zur geistlosen Lohnarbeit zerflatterte und das Behagen, welches die Schriften dieses Dichters bei dem Leser hervorrufen, zum größten Teile darauf beruht, daß Schücking ein Erzähler im guten alten Sinne des Wortes war. »Er hat das Fabulieren als solches zur Hauptsache gemacht. Er freut sich der abenteuerlichen Verwickelung seiner Handlung, der kunstvollen Steigerung und Spannung, der Überraschungen und aller jener technischen Hilfsmittel, durch welche die Phantasie der Leser in Erregung versetzt wird. Schücking bleibt immer beweglich und unterhaltend, ein Poet, der für das Nacheinander der Dinge unerschöpfliche Quellen zur Verfügung zu haben scheint.« In dem Aufsatze, den Eugen Zabel in Westermanns Monatsheften (August 1884) über den fleißigen Mitarbeiter dieser angesehenen Zeitschrift veröffentlichte, hat er besonders nachdrücklich darauf hingewiesen, daß wenigen Poeten die Heimat in dem Grade zur Muse geworden ist wie Schücking. »Sie hatte ihm so viel Geheimnisvolles und Überraschendes zu erzählen, daß ihm der Stoff niemals ausgehen konnte. Wie Willibald Alexis die Mark, wie Spielhagen Vorpommern, wie Auerbach den Schwarzwald als dichterisches Eigentum ansehen konnten, so war bei unserem Autor Westfalen der Boden, der mit Land und Leuten sich in seinen Romanen einen getreuen Abdruck geschaffen hat. In diese Umgebung hatte schon Immermann die prächtige Episode vom Hofschulzen und der Lisbeth aus dem Münchhausen gerückt, nicht minder hat auch Freiligrath dem Lande manche Farben für seine Palette entnommen, aber sowohl der eine wie der andere blieben, was sie waren, auch wenn sie nach anderen Stoffgebieten die Hand ausstreckten. Schückings Talent war jedoch mit dem Boden der Heimat organisch dermaßen verknüpft, daß es nirgends anders wurzeln konnte und nur von ihm die volle Lebenskraft empfing.

Wenn es sich zuweilen aus der Umgebung der schützenden und nährenden Mutter selbst verbannte, kommt es uns trocken und überflüssig wie ein vom Baum gerissener, ängstlich im Winde hin und her flatternder Zweig vor ... Schücking erfaßt Westfalen nicht nur als Objekt nüchterner Studien, sondern er versenkt sich seelisch darein auf das tiefste und hat die Natur des Landes erkannt, wie man nur etwas erkennt, das man liebt ... Die Heide- und Moorwelt seiner Heimat ist ihm nicht tot, sie ist ihm auch nicht Gegenstand flüchtigen Interesses, sondern er geht darin auf mit scharfem Auge für das charakteristische Detail in Wald und Flur, mit seinem Ohr für das Rauschen der uralten Haine und die noch vernehmlicheren Geisterstimmen, die in ihnen für jeden nachdenklichen Menschen laut werden. Wie von selbst zieht diese Äußerlichkeit den Sinn auch auf das Innere, auf die Individuen, die in solcher Umgebung groß wurden, leben und schaffen. Im Anblick der zerstreuten Bauernhöfe mußte die Frage laut werden, worin das Charakteristische dieser Menschen liegt, die mit Kopf und Herz in den ererbten Besitz eingewachsen sind wie die Bäume ihrer Wälder, und von ihnen kam der Wanderer zu den schwelgerischen Gelagen der Domherren, die herrlich und in Freuden dahinlebten, sowie zu den wunderlichen Ideen und Gebräuchen der alten Adelsfamilien, an deren Schwelle sich die Wogen des modernen Lebens gebrochen haben und die neben vielem Schrullenhaften und Veralteten doch auch manches gute Element in sich schlossen.« Ich habe diesen treffenden Ausführungen nichts hinzuzufügen. Jedenfalls werden diejenigen seiner Werke, in denen er westfälische Zustände dargestellt hat, noch gelesen werden, wenn seine andern Bücher kaum noch dem Namen nach bekannt sind. Von seinem Werke »Das malerische und romantische Westfalen« ist das ganz selbstverständlich, weil es als poetische Schilderung der roten Erde unübertrefflich ist; aber auch die besten Romane, ich nenne nur »Paul Bronckhorst«, »Die Marketenderin von Köln«, »Verschlungene Wege« und »Schloß Dornegge«, werden immer gern gelesen werden, weil er sich in ihnen als ein feiner, geistvoller Erzähler und scharfer, kenntnisreicher Beobachter erweist, dazu als ein Mann, der ein ernstes, sicheres Gefühl nicht allein für die Handgriffe, sondern auch für die Kunst und die Pflichten des Schriftstellers besaß. Trotz aller Anerkennung, die gerade seinen Heimatromanen gezollt werden kann, muß aber doch gesagt werden, daß er, obgleich er seine westfälische Heimat in Vorzügen und Mängeln kannte und sie, an der sein Herz hing, mit dem Auge des Dichters und des Geschichtskundigen sah, gleichwohl kein Werk geschrieben hat, das etwa wie Immermanns Münchhausen unzertrennlich mit der deutschen Literatur und dem Bewußtsein der Nation verwachsen wäre. Der Dichter hat das selbst schmerzlich empfunden; »ich habe ihn öfters klagen hören, daß er nicht, ungehemmt von äußeren Rücksichten, seine ganze Kraft und Gestaltungsfähigkeit einer großen Aufgabe zuwenden könne,« erzählt Hermann Hüffer in der schon wiederholt erwähnten Biographie. Für seine innige Liebe zur westfälischen Heimat und für seine Gesinnungen zeugt auch das schöne Gedicht »Westfalen«, mit dem er im Herbst 1841 für elf Jahre von seiner Heimat Abschied nahm. Ich schalte den Schluß des elfstrophigen Gedichtes, das ich ungekürzt in mein Werk »Aus Westfalen. Bunte Bilder von der roten Erde« aufnahm, hier ein:

O, sei gegrüßt zum Scheiden,
Du Heimat, gute Nacht,
Mit deinen sonnigen Heiden,
Mit deiner Wälder Pracht –
Wie deine Hünensteine
Fest in uralter Treu',
Wie Tauben deiner Haine
Verschlossen, rein und scheu.

Mir gib zum Angedenken
Dies Laub, dem Zweig entrafft
Am Hute will ich's schwenken
Auf meiner Wanderschaft,
Mir unters Haupt es legen,
Träum' ich am fernen Strand –
Noch einmal: Gottes Segen!
Gegrüßt, gegrüßt mein Land!

Besonders in seiner späteren Lebenszeit ist Levin Schücking zu den religiösen Ansichten der Mehrzahl seiner Landsleute in immer schärferen Gegensatz geraten. Adolf Stern schreibt darüber in seiner Geschichte der neueren Literatur: »Dieselben Ereignisse und Kämpfe, welche nach 1848 und namentlich nach der Gründung des Deutschen Reichs eine Anzahl als Katholiken geborner west- und süddeutscher Dichter in das Lager hinüberdrängten, in welchem bis dahin die Konvertiten und die Ultramontanen vom reinsten Wasser allein geschart standen, führten ihn weiter nach links, auf die protestantische Seite, als er selbst in den vierziger Jahren für möglich gehalten haben würde.« Die beiden Romane, in denen er kirchliche Fragen zu beantworten versuchte, sind »Luther in Rom« (1870) und »Die Heiligen und die Ritter« (1873). – Ich kann bei diesen beiden Werken, so reizvoll es auch wäre, die mir vorliegenden so verschiedenartigen Beurteilungen gegenüber zu stellen, nicht mehr verweilen, weil der mir für diese Einleitung zur Verfügung stehende Raum nahezu erschöpft ist. Nur kurz erwähnen will ich auch Schückings Tätigkeit für den Nachruhm und die Verbreitung der Schriften seiner großen Freundin, deren edles, durch den Tod verklärtes Bild unvergänglich vor seiner Seele stand. 1860 gab er »Letzte Gaben« von Annette v. Droste heraus, zwei Jahre später erschien sein Buch »Annette v. Droste, ein Lebensbild«, eine überaus anziehende und bleibenden Wert besitzende warme, liebevolle Schilderung des Wesens der Freundin; 1879 endlich besorgte er auch die erste Sammelausgabe von Annettens Schriften.

»Der Grundgedanke meiner Schriften,« sagt Schücking einmal, »ist Emanzipation des Menschen im allgemeinen und der Frau im besonderen von den Fesseln jener Anschauungen und Lebensverhältnisse, die das Individuum in seinem Selbstbestimmungsrecht beschränken und es hindern, sich seiner Natur gemäß zu echtem Menschentum zu entwickeln. Es hängt das zusammen mit jenem angeborenen Unabhängigkeitsbedürfnis des Westfalen, der bei einer in sich gekehrten Natur wenig von der Welt verlangt, dafür aber auch sich zornig aufbäumt, wenn die Welt in sein Wesen eingreifen will.« Mit diesen Worten hat der Dichter die Hauptmomente seines literarischen Wirkens und Schaffens klar hervorgehoben. Und wenn seine Romane auch keinen Markstein in unserer Literatur bedeuten, für deren gesundes Leben sprechen sie doch, und wahr sind die Worte, die ein Freund des Dichters aussprach, heute noch: »Welche Fülle von Kenntnissen, Erinnerungen, Fähigkeiten geht mit dem Verstorbenen dahin! Für Westfalen ist niemand, der ihn ersetzen könnte.«

Ich hoffe, daß diese billige Ausgabe zweier Dichtungen dem Dichter manchen neuen Freund gewinnt zu den alten, die ihm Treue gehalten haben. Ihnen empfehle ich ganz besonders seinen Roman »Paul Bronckhorst«, der den Leser in die bewegten, wechselvollen Ereignisse zu Anfang des vorigen Jahrhunderts versetzt. Gottschall nennt ihn in seiner »Nationalliteratur« mit Recht die Iliade der westfälischen Autonomen, deren Göttermaschinerie die feudalen Ideen bilden; der Roman zeichnet sich durch glückliche Anlage und künstlerische Ausführung aus.

Iserlohn, im Juli 1904.
Ludwig Schröder

I.

Das ist der Fluch der Liebe,
Daß unauflösbar sie die Herzen kettet.
Und stürzt das eine, reißt's das andre mit.

Ein grauer Himmel lag über einer eintönigen Landschaft, die sich flach und eben ausdehnte, menschenleer, ohne Leben. Die Menschen schienen die wenig fruchtbaren Äcker ringsum der Obsorge der Sonne überlassen zu haben, daß sie etwas auf ihnen gedeihen lasse, und die Sonne ihrerseits schien abzuwarten, daß die Wolken, die sich immer mehr herabsenkten, sich der Sache annähmen. Rege war nur ein lauer Wind, der auf der langen, unbelebten Chaussee von Zeit zu Zeit eine starke Staubwolke aufjagte, eine Strecke weit vor sich hin trieb und dann fallen ließ, als ob er sich plötzlich besinne, daß es ein kindisches Treiben sei, hinter Dust und Staub dreinzujagen, und daß er solche Jagd füglich den glückshungerigen Menschenkindern überlassen könne.

Zuweilen trieb dieser laue, aus Westen einer einsamen Wanderin entgegenkommende Wind jedoch ein heiteres Spiel. Er warf die dunkelblonden, üppig-reichen Locken zurück, welche unter dem schmalrandigen, kleinen Rubenshut dieser Wanderin auf Nacken und Schultern niederquollen, und blähte den blauen Schleier auf, den sie mit der Linken zusammenhielt. Sie war jung, und die ziemlich große, auffallend edle Gestalt, so einfach sie in einen hellgrauen Wollstoff gekleidet war, bildete doch eine Erscheinung, daß man sich überrascht fragen mußte, woher diese vornehme junge Dame gekommen und so völlig allein zu Fuß auf die Chaussee geraten sein könne.

In der Tat wurde sie auch, ehe viel Zeit vergangen, von einem Begegnenden danach gefragt und um Auskunft darüber angehalten.

Es war ein wohlgenährter und jovial aus den kleinen, blinzelnden Augen im geröteten, gutmütigen Gesicht blickender Herr, der es tat. Er saß zurückgelehnt, aus einer Meerschaumpfeife rauchend, in einem leichten Gefährt, dessen Verdeck zurückgeschlagen war, und das zwei Litauerpferdchen eben aus einem sandigen Nebenwege heraus auf die Chaussee gezogen hatten.

Als er zur Seite der rasch schreitenden Dame angekommen war, ließ er die lustig trabenden Pferdchen anhalten.

»Guten Morgen, mein gnädiges Fräulein,« rief er, »Sie hier? Und allein? Zu Fuß? Und so ganz allein?«

»Was wollen Sie, Doktor,« versetzte die junge Dame mit einem vollen, wohllautenden Organ, das Wind und Staub vielleicht um etwas von seinem Metallklang gebracht, »weshalb soll ich nicht allein gehen? Mir tut niemand etwas zuleide. Soll ich die gute Brigitte zwingen, mit mir gleichen Schritt zu halten? Wozu? Ich habe ihr eingeredet, daß sie heute morgen an ihrem alten Kopfweh leide, und daraufhin hat sie eingewilligt, mich allein gehen zu lassen. Wollen Sie, wenn Sie am Hause vorüberkommen, einmal nach ihr sehen?«

»Um eines eingebildeten Kopfwehs willen? Nein, meine Gnädige; viel lieber böt' ich Ihnen für Ihren Weg meinen Wagen an, wenn ich nicht Kranke zu besuchen hätte, bei denen es sich leider nicht um Einbildungen handelt. Aber was verlockt Sie denn so eiligen Schrittes nach unserm guten, langweiligen Urbach?«

»Fragen Sie lieber, was mich dahin *treibt*! Leider die Notwendigkeit! Ich habe mit dem Justizrat zu reden, und kann ihm nicht zumuten, mit Akten und Büchern beladen zu mir herauszukommen. So muß ich denn selbst gehen. Und nun wissen Sie's. Guten Morgen, Doktor, auf Wiedersehen! Ihre kleinen Braunen sind Philanthropen; sie stampfen und drängen vorwärts zu Ihren Kranken!«

Sie schritt mit einem freundlichen und doch herablassenden Kopfnicken weiter, und der Doktor ließ sein Wägelchen in entgegengesetzter Richtung dahinrollen; dabei zog er aus der während des Gesprächs halb erloschenen Pfeife starke Rauchwolken, die er mit besonderem Nachdruck von sich blies, um dann vor sich hin zu sagen:

»Die arme Person! Sie wird verrückt darüber! Läuft deswegen bereits allein über Land, und belagert den unglücklichen Justizrat, der ihr nicht helfen kann! Ganz sicherlich verrückt! Die fixe Idee hätten wir ja schon, dies starrsinnige Widerstreben! Und das Verrücktwerden – du lieber Gott, es ist einmal die Zeitkrankheit; es wird noch dahin kommen, daß jeder Mensch, wie er in seinem Leben einmal die Masern oder den Scharlach oder ein Fieber gehabt hat, so auch einmal seinen Anfall von einem kleinen Wahnsinn überstanden haben wird. Es ist nicht anders! Wär' ich jünger, würde ich Spezialist – wählte Psychiatrie. Gäb' eine reiche Praxis das! Armes Fräulein Ludgarde! Das fühlt sich unglücklicher als Lucie, die weinende Braut von Lammermoor, oder was man denn jetzt von bedrängten Frauenzimmern auf der Bühne in Mode haben mag. Tut mir leid, die arme Person!«

Die »arme Person« schritt unterdes ihres Weges weiter und warf, da der Wind aufhörte, ihr entgegenzuwehen und ihr Staub ins Antlitz zu werfen, ihren blauen Schleier zurück, wie um freier zu atmen. Ihre schönen Züge, welche dadurch um so auffallender hervortraten, gaben der bösen Voraussagung des Landarztes sehr wenig recht. Ihre ziemlich hohe und vorgewölbte Stirn schien immer nur der Sitz klarer und stiller Gedanken sein zu können; die sanften, großen, graublauen Augen blickten fest und mit ruhiger Stetigkeit die Gegenstände an. Wenn dies Gesicht etwas Besonderes ausdrückte, so war es mutiges und gefaßtes Selbstbewußtsein, war es der Ausdruck einer aristokratischen Natur, die doch immer mit ruhiger Selbstbeherrschung verbunden ist.

Als sie in der kleinen Stadt – Urbach hatte der Doktor sie genannt – angekommen war, schritt sie über den Marktplatz einem mit der Giebelseite dem Platz zugekehrten und eigentümlich unangenehm aussehenden Hause zu. Der rohe Kalkverputz desselben war nämlich beworfen mit einer Unzahl kleiner Glasscherben, welche sinnreiche Verzierung bei hellem Sonnenschein mit ihrem Blinken und Blitzen unbarmherzig die Augen zerstach, und an Tagen ohne Sonnenschein nur häßlich war. Hinter diesen menschenfeindlichen Wänden lag, mit einem blankgewaschenen Fenster auf den Markt hinausgehend, das Arbeitszimmer des Justizrats. Durch die hellen Scheiben des Fensters war im Innern die Gestalt eines großgewachsenen Mannes wahrzunehmen, der sich mit dem Rücken an dasselbe lehnte und mit dem Bewohner zu sprechen schien. Fräulein Ludgarde stutzte und hielt einen Augenblick ihren Schritt an; sie wünschte durchaus nicht mit einem Fremden zusammenzutreffen. Gleich darauf aber öffnete sich die Haustür; der pockennarbige alte

Herr, der etwas von einer Fuchsphysiognomie hatte, dessen Malepartus jedoch in der ganzen Gegend die »Herberge der Gerechtigkeit« für alle war, die recht zu haben glaubten – ob sie es wirklich hatten, darauf kam es ja dem Justizrat Greving weniger an – der Hausherr trat auf die Schwelle, zupfte sich mit einem freundlichen Lächeln den Hemdkragen in die Höhe und verbeugte sich dann mehrmals außerordentlich tief und untertänig. Fräulein Ludgarde hätte dadurch an das spanische Sprichwort erinnert werden können:

> Wer sich tiefer als nötig bückt,
> Spottet deiner oder berückt.

»Ihr Diener, mein gnädiges Fräulein,« sagte der Justizrat dabei, »sehe Sie eben daherkommen, bitte, bitte, treten Sie näher, Sie kommen zur guten Stunde, gerade zur guten Stunde, wie gerufen!«

»Das scheint mir nicht, Justizrat,« versetzte Fräulein Ludgarde, einen Blick auf das Fenster werfend, hinter dem der Fremde sich eben gewendet hatte und nun mit offenbarer Neugier das junge Mädchen betrachtete. »Sie sind nicht allein, Sie haben einen andern Klienten bei sich, sehe ich, und Sie wissen ...«

»Keinen Klienten, durchaus keinen Klienten; im Gegenteil,« fiel der Justizrat ein, indem er das Fräulein über die Schwelle komplimentierte, »einen Juristen, einen jungen Juristen, den unsere Gegend und unser Provinzialrecht interessiert, und der mir zur Einführung eine Karte von einem berühmten Kollegen in der Hauptstadt gebracht hat. Er kann uns, hab' ich schon ermittelt, von unschätzbarem Werte sein; diese jungen Herren sind meistens von einer rührenden Hilflosigkeit, wenn es darauf ankommt, ein Ding praktisch anzugreifen, aber sie haben vom eben bestandenen Examen her allerlei theoretische Dinge im Kopf, aus denen sich vortreffliche Haken krümmen lassen, Ankerhaken, die das Schifflein eines Prozesses nicht weiter kommen und in Ewigkeit nicht flott werden lassen. Und das ist für uns ja die Aufgabe! So recht die Aufgabe! Bitte, treten Sie ein.«

Der Justizrat, der diese Worte auf dem Flur seines Hauses gesprochen hatte, wollte eben die Tür seines Arbeitszimmers vor Ludgarde aufwerfen, aber sie legte die Hand auf seinen Arm.

»Warten Sie noch, sagen Sie mir den Namen des Mannes. Ist er wirklich Jurist, und glauben Sie, daß, wenn wir ihm vertrauen, er imstande ist, uns mit gutem Rate zu dienen und beizustehen?«

»Vertraut habe ich ihm bereits den Stand Ihrer Sache,« fiel der Justizrat ein, »gerade weil ich überzeugt bin, welch guter Konsulent er sein wird in einer Materie wie die, um welche es sich handelt. Seinen Namen wollen Sie wissen? Referendar Wendt hat sich besonders mit Deutschem Recht und Lehnrecht beschäftigt, sagt er, ist daher bereits bewandert in Rechtsfragen von einer feudalen Natur, mit denen ja unsereins sich so selten zu befassen hat ...«

Damit hatte er die Tür zu seinem Allerheiligsten aufgeworfen und Ludgarde genötigt, einzutreten.

Trotz des hellgewaschenen Fensters war der Raum nichts weniger als lichtvoll; er war sehr tief, und dunkelrote Wände schluckten an Licht ein, was die gebräunten Schränke und Aktenrepositorien nicht einsaugten. So kam es, daß Ludgarde von dem Aussehen des jungen Mannes, der sich bei ihrem Eintreten leicht verbeugt hatte, wenig wahrnahm, da er sich mit dem Rücken dem Fenster zugewendet hielt; das junge Mädchen, das in dem alten Roßhaarsofa des Anwalts Platz nahm, vermied auch ihn anzusehen, weil sie seinen Blick auf sich gerichtet fühlte.

»Herr Referendar Max Wendt und: Fräulein von Dalhausen auf Nyvenheim,« stellte der Justizrat vor; Fräulein Ludgarde ließ sich zu einer kurzen Verneigung des Kopfes herab und sagte:

»Sie wissen, weshalb ich komme, Justizrat; Sie haben mir geschrieben, daß das Urteil also gegen mich ausgefallen ist, ist es das wirklich, wirklich ganz und völlig gegen mich?«

»Leider, leider, leider,« versetzte mit einer Miene, in welche er so viel Seelenschmerz, als in seine Fuchsmiene hineinging, zu legen suchte, der Justizrat und schlug ein auf dem Tisch vor dem Fräulein liegendes dickes Aktenheft auf; »da lesen Sie selber die ganze Kantilene ...«

»So daß ich,« fuhr das Fräulein, ohne das schreckliche Aktenstück anzusehen, fort, »nun in wenig Tagen von Nyvenheim exmittiert, durch den Gerichtsdiener hinausgeworfen werden kann?«

»Nach dem Inhalt dieses Urteils hatte Ihr Gegner das Recht, es zu beantragen,« entgegnete der alte Jurist.

»Und mein Gegner ist sicherlich der Mann, von einem solchen Recht Gebrauch zu brauchen!« fiel sie mit unsäglicher Bitterkeit ein, »Mein Gegner! Bei dem ist kein Erbarmen!«

»Freilich,« sagte der Justizrat, »und am Ende ist das doch auch zu erklären, Herr von Hasberg braucht eben Nyvenheim, – er will, sagt man, seinen Sohn verheiraten, das junge Paar soll Nyvenheim bewohnen – er hat kein anderes Nest für die beiden Menschen, die sich lieben und mit Sehnsucht darauf warten ...«

»Mögen sie sich lieben,« fiel beinahe zornig Ludgarde ein, »lieben so zärtlich wie sie wollen, was bedürfen sie Nyvenheim dazu? O, es ist abscheulich, unsäglich rücksichtslos von Hasberg, der noch obendrein mein Verwandter ist und soviel meinem Vater verdankt, mich, die Tochter seines Wohltäters, aus ihrer Heimstätte, ihrem ererbten Eigen, dem Hause ihrer Väter werfen zu wollen! Abscheulich! Aber ergehen wir uns nicht in müßigen Klagen, die Menschen sind einmal so! Handeln wir! Denn verteidigen – das wissen Sie, Justizrat, werde ich mich bis aufs Äußerste – bis zur letzten Stunde. Also reden Sie! Was ist zu tun?«

»Zu appellieren, natürlich,« versetzte der Justizrat, indem er mit einem gewissen Wohlbehagen Ludgardens Züge unter dem Einfluß ihrer steigenden Erregung sich röten und eigentümlich verschönern sah.

Auch des jungen Mannes Blicke lagen mit Bewunderung auf diesen feinen und wie von edlem Zorn belebten Zügen. Mit einer gewissen Befangenheit sagte er:

»Wenn ich meine Meinung zur Sache, über die der Herr Justizrat mich unterrichtet hat, äußern darf, gnädiges Fräulein, so ist jetzt bei der Appellation nur ein ganz anderes Verfahren einzuschlagen als bei Ihrer bisherigen Verteidigung. Herr von Dalhausen-Hasberg hat gegen Sie auf Räumung von Nyvenheim geklagt, weil es ein Fideikommiß sei und, nach dem Tode Ihres Herrn Bruders, jetzt ihm, als nächsten Agnaten, anheimfalle. Ihre Verteidigung dawider behauptet, Nyvenheim sei kein Fideikommiß, und wenn es einst eins gewesen, so sei es durch die während der französischen Herrschaft hier im Lande geltende Gesetzgebung aufgehoben. Beide Einreden hat das Landgericht verworfen. Herr von Hasberg hat die Fideikommißurkunde beigebracht und ihre von jener Gesetzgebung intakt gebliebene Gültigkeit in einer Weise nachgewiesen, die meines Erachtens nicht anzugreifen ist ...«

»So daß ich also gar keine Hoffnung mehr hätte ...?« fiel Ludgarde ein.

»O doch,« fuhr der junge Mann fort; »Sie haben wenigstens die Hoffnung, sich noch sehr, sehr lange verteidigen zu können, wenn Sie in der folgenden Instanz eben, wie ich meine, ein anderes Verteidigungssystem annehmen. Ganz sicherlich hat Ihr Herr Vater, Ihr Großvater vielleicht schon aus eigenen Mitteln Nyvenheim durch Ankäufe vergrößert, urbar gemacht, Waldschonungen angelegt, Gebäude errichtet, und dazu Vermögen Ihrer Mutter, Ihrer Großmutter verwendet ...«

»Das allerdings,« fiel Ludgarde ein. »Aus dem Vermögen meiner Großmutter sind mehrere Bestandteile des Gutes angekauft; mein Vater hat aus einem Vermächtnis eines Oheims ein Warmhaus gebaut, eine Heidestrecke erworben und sie zu schönen Wiesen umgewandelt; es mag noch mancherlei derartiges zum Bestande von Nyvenheim hinzugekommen sein.«

»Worüber sich der Ausweis, die Kaufbriefe vorfinden?«

»Gewiß, das Archiv hat mein Vater stets in schönster Ordnung gehalten.«

»Nun wohl, so ist Ihnen der Weg der Verteidigung in der weiteren Instanz auch ganz klar vorgezeichnet. Sie leugnen in dieser nicht mehr, daß ein kleiner alter Kern von Nyvenheim ein Fideikommiß sei; aber Sie bestreiten den einzelnen Teilen diese Eigenschaft; Sie behaupten, daß der größte Teil Allod sei, Sie behaupten es von jedem Stück, und alsdann wird die Ausscheidung von Fideikommiß und von Allod eine so verwickelte, schwierige Arbeit werden, daß Jahre darüber hingehen, bevor der Prozeß zu einem Ende gelangt!«

Ludgarde, die gespannt aufgehorcht hatte, sah fragend den Justizrat an.

»Der Rat ist gut, sehr gut,« sagte dieser, indem er sich schmunzelnd die Hände rieb; es ist fraglich, ob aus Teilnahme an solcher Rettung seiner Klientin oder aus Vergnügen über den in Aussicht gestellten endlosen Prozeß. »Die alte Fideikommißurkunde nennt nur ›das freiadelige Gut Nyvenheim, wie es steht und liegt‹, das ist alles, genaue Kataster hatte man ja damals noch nicht, also was ist Nyvenheim? Nyvenheim ist ein unbestimmter Begriff, den wir Ihrem Gegner schon unter den Händen zerbröckeln wollen, daß er seine Freude daran hat! Nur müssen wir den Beistand dieses jungen Freundes dabei behalten, ich bin nicht der Mann, der sich auf alten Urkundenkram einzulassen die Zeit hat, auf Pergamente, wie sie doch alle samt und sonders in Ihrem Hause geprüft und durchstudiert werden müssen. Herr Wendt müßte das übernehmen, Herr Wendt hat jüngere Augen und hat sich darauf eingeübt, Sie haben Praxis darin, Herr Wendt, wie?«

Herr Wendt schien mit der Zusage seiner Bereitwilligkeit zu zögern, Fräulein Ludgarde mit dem Aussprechen einer dahin gehenden Bitte an den jungen Mann.

»Es hängt alles davon ab, daß ein kundiges Auge Ihre Archivalien durchmustert,« fuhr der Justizrat fort. »Herr Wendt muß sich dazu entschließen – Sie müssen, Herr Wendt – sind Sie nicht einverstanden, gnädiges Fräulein?« »O gewiß, ich zweifle nicht,« sagte Ludgarde, »daß es am besten wäre, wenn Herr Wendt sich dieser Mühe unterzöge, obwohl es unbescheiden von mir sein mag, ihm eine solche zuzumuten.«

»Es ist eine Berufsarbeit wie eine andere,« fiel der Justizrat ein, »er wird daheim schwerlich Dringenderes zu tun haben – haben Sie, Herr Wendt?«

»Nicht gerade,« antwortete dieser leicht errötend, »und wenn das gnädige Fräulein mir die Durchforschung ihres Archives anvertrauen will ...«

»Ich bitte darum,« sagte Ludgarde, ein wenig unsicher und jetzt erst den jungen Mann schärfer ins Auge fassend.

Er verbeugte sich, wie für das Vertrauen dankend.

»Ich werde morgen am Vormittag nach Nyvenheim kommen,« sagte er dabei.

»Vortrefflich, und ich setze noch heute die Anmeldung der Appellation auf!« rief der Justizrat aus.

Damit war das, was zu besprechen, im wesentlichen erledigt. Fräulein Ludgarde schien nicht zu den Frauen zu gehören, welche einmal Besprochenes stets noch zu einer zweiten und einer dritten Lesung zu bringen sich gedrängt fühlen. Nachdem noch einige Reden gewechselt waren, stand sie auf, um noch die Frau Justizrätin zu begrüßen, und der Advokat begleitete sie mit großer Dienstbeflissenheit hinüber.

Als er dann zurückkam, sagte er, seine Stimme dämpfend, mit schlauem Lächeln wieder die Hände reibend:

»Nun, Herr Referendar, was sagen Sie zu unserer Klientin?«

»Daß ich Sie um Ihre Praxis beneide, wenn sie Ihnen viele solcher Klientinnen zuführt.« »Das ist der Standpunkt eines jungen Herrn, der darauf sieht, wie eine Partei aussieht! *Non olet*, sagte Vespasian, eine zahlungsfähige Klientin ist nie häßlich; Schönheit aber ist keine juristische Kategorie. Und ich, ich beneide mich gar nicht um das, was wir am letzten Ende mit diesem Prozeß erleben werden ...«

»Ich muß Ihnen gestehen – ich sage Ihnen, daß ich auch in der Hauptstadt, in Bekanntenkreisen, von Fräulein von Nyvenheim reden hörte, als sei sie nicht recht gescheit, besorgniserregend überspannt – ich muß Ihnen gestehen, daß ich diesen Eindruck durchaus nicht empfangen habe.«

»Wie würden Sie das auch in einer so kurzen Unterredung? Aber richtig ist es doch. Ich bitte Sie – wie könnte es anders sein? Ihr Vater war ein Philosoph, ein Sterngucker; kümmerte sich um nichts; überließ alles den Weibern, dem jungen Mädchen, und brachte diesem seine philosophischen Halluzinationen bei – war Krausianer, denk ich – nun bitte ich Sie, wie kann man jetzt noch Krausianer sein? Bringen Sie das Fräulein einmal auf derartige Dinge – werden Übergeschnapptes genug zu hören bekommen! Damals, als ihr Vater starb, hat sie gar keine Nahrung mehr zu sich nehmen wollen, hat sich durch Hunger töten wollen – wahrhaftig, sterben! Der Bruder war ja auch – nun, in Nyvenheim werden Sie seine Malerei zu sehen bekommen – hat was Leinewand bekleckst in seinem Leben, aber die es verstehen, die Kenner, schütteln den Kopf dazu.«

»Eine bei einem jungen Mädchen ungewöhnliche Art der Erziehung und der Umgang mit einem Bruder, der ein unzulänglicher Maler ist, beweist aber noch nichts gegen ihren Verstand,« meinte Wendt. »Mag sein,« fuhr der Justizrat fort; »mag auch sein, daß ein junges Mädchen, welches sich in solcher absoluten Einsamkeit abgesperrt hält, dabei, wie man sich hier ausdrückt, ›bei Troste‹ sein mag. Aber wie es mit ihr werden wird, das ist dennoch klar vorauszusehen. Ihr Nyvenheim – wenn sie ihr Nyvenheim lassen muß, wird sie wahnsinnig. Es ist ihre fixe Idee; ihre ganze Seele hat sich daran geklammert; sie hängt daran wie die Auster an ihrer Schale, die Schnecke an ihrem Hause. Reißen Sie sie heraus, so ist sie zerstört, zugrunde gerichtet! Es ist ein leidenschaftlicher Stolz in ihr – Sie hörten ja, wie heftig sie ihren Entschluß, sich bis aufs Äußerste verteidigen zu wollen, aussprach. Und heraus muß sie doch einmal, was hilft alles Sträuben! Auch Ihr Verteidigungsmittel ...«

»Wird ihr wenigstens Zeit verschaffen – Aufschub!«

»Aufschub! Bis man uns einwirft: nun wohl, so gebt uns vorläufig einmal den unbestritten zum Fideikommiß gehörenden Kern, Haus, Hof, Garten usw. heraus!«

Der junge Mann nickte gedankenvoll dazu, dann versetzte er:

»Vielleicht! Vielleicht ist man nicht begierig, ein halb noch bestrittenes Gut in Besitz zu nehmen ...«

Der Justizrat zuckte die Achseln.

»Nun ja – tun Sie Ihr Bestes,« sagte er. »Wir werden ja sehen. Verrückt wird sie aber doch darüber – am letzten Ende!«

Der junge Mann aber nahm Hut und Reitpeitsche – er war zu Pferde nach Urbach gekommen – und empfahl sich dem Justizrat mit dem Versprechen, ihm bald über seine Ermittelungen im Nyvenheimer Archiv Bericht zu erstatten.

»Ich glaube,« dachte er, als er quer über den Marktplatz seinem Gasthofe wieder zuschritt, »es ist alles nur die Rache der kleinen Stadt dafür, daß das Fräulein ihrer Gesellschaft nicht bedarf und lieber allein ist! Das scheint den Spießbürgern ... verrückt!«

II.

Am nächsten Vormittage trabte unser junger Jurist auf einem eleganten und wohlgepflegten Tiere derselben Straße nach, welche wir gestern das Fräulein kommen sahen – nur in entgegengesetzter Richtung. Als er eine kleine Stunde weit der Chaussee gefolgt war, begann die letztere sich in langsamer Steigung zu erheben und eine breite, kaum Berg zu nennende Hügelwellung hinanzuziehen. Oben auf der Höhe angekommen, sah unser Reiter jedoch, daß sie bedeutend genug war, um eine Scheidung im Charakter der Landschaft zu bewirken. Er blickte von der Höhe hinab in ein sehr freundliches, muldenförmiges Tal, welches der laubholzbedeckte Höhenzug nach rechts und links hin wie mit hegenden Armen umfaßte. Die Chaussee lief mitten durch die Talmulde hindurch, in anmutigen Schlangenlinien, und wand sich mit einer gefälligen Nachgiebigkeit durch die regellos zusammengestellten Häuser eines Dorfes, das sich dann rechts von derselben weiter hinzog und um eine altersgraue Kirche gruppierte. Links, etwa zehn Minuten vom Dorfe entfernt, lag das Gut, welches das Ziel des Reiters war; ein Handweiser, der auf der Höhe stand, zeigte mit dem einen Arme darauf, um anzudeuten, daß der sich hier linkshin abzweigende breite Fußweg dahin führe.

Der junge Mann folgte diesem Fußwege, der sehr hübsch durch Wald und Gebüsch und über kurze Waldwiesen führte; an einem wunderlich gestalteten alten Steinkreuze gelangte er in eine vom Dorf zum Edelhofe führende Allee. Unser Reiter hielt hier; denn jetzt, so nahe vor dem Orte angekommen, mußte er sich gestehen, daß dieses ein reizendes Bild darstelle, das er sich einprägen zu wollen schien. Ein kleiner See lag links, und in schmaleren Armen sich fortsetzend, umschloß er das inselartig, unter prachtvollen alten Bäumen, inmitten von Rasenanlagen mit Blumenstücken daliegende Herrenhaus. Alle Nebengebäude schienen hinter den Bäumen versteckt zu sein; man sah nur das Herrenhaus, mit einem hohen, von Sandsteinarbeiten geschmückten Giebel über dem Portal und einem schönen, alten Turm, der seinen Fuß in das blanke Gewässer des Sees stellte. Außer diesem Turm mochte das nur ein hohes Erdgeschoß über Souterrains zeigende, im Rohbau aufgeführte Gebäude aus dem vorigen Jahrhundert stammen.

Unser Reiter versenkte sich eine Weile in das hübsche Bild und gelangte dann über eine lange Steinbrücke vor das Portal; ein Knecht nahm ihm sein Pferd ab, und eine ältliche Dame, noch beschäftigt, die Haubenbänder unter dem Kinn in eine anständige Schleife zu bringen, erschien unter der offen stehenden Tür.

»Herr Wendt?« sagte sie lächelnd, statt ihn mit dem zu erwartenden altmodischen Knicks zu begrüßen; sie mochte das Lächeln, das sie über ihre ernsten, hageren und langgezogenen Züge gleiten ließ, für eine hinreichend verbindliche Begrüßung solch eines Geschäftsmannes halten. Dann wandte sie sich, nach einem neugierig prüfenden Blick auf den Ankömmling, und geleitete ihn mit den Worten: »Bitte, treten Sie ein, Herr Wendt!« ins Innere. Zunächst in ein an den schmalen Flur stoßendes dunkelgetäfeltes, großes Gemach, das sich als das Eßzimmer des Hauses kennzeichnete; auf dem ovalen Tisch in der Mitte standen einige Erfrischungen auf Platten und in Schalen von altertümlich getriebenem Silber aufgestellt.

»Sie werden einer Erfrischung nach Ihrem Ritte bedürfen,« sagte die Dame jetzt mit einem Versuche zu einer kleinen Verbeugung, »das Fräulein läßt Sie bitten; Sie werden einen kleinen Kampf mit Staub und Dust unter unsern alten Papieren zu bestehen haben, der eine Vorbereitung rätlich macht.«

Der Ankömmling schien eine Erwiderung auf diese freundliche Einladung nicht für nötig zu halten. Er nahm stumm und wie zerstreut ein Glas Wein an – leerte es halb und sagte dann, als ob er nun hinreichend der Höflichkeit genügt:

»Würden Sie die Güte haben, mich zu diesen Papieren zu führen?«

»Wenn Sie mir folgen wollen, mit Vergnügen, das Archiv ist ganz in unserer Nähe hier,« versetzte die Dame und schritt der gegenüberliegenden Tür zu, durch welche man in einen langen, galerieartigen Raum von geringer Breite trat; an eine Galerie erinnerte auch der Raum durch die Menge von Gemälden, welche fast sämtlich noch ohne Rahmen an der Wand den Fenstern gegenüber hingen. Es waren Bilder offenbar neueren Datums; Landschaften oder Genrebilder, mit einem allen gemeinsamen Vorherrschen greller und unharmonischer Farben.

»Wer hat denn all' diese Bilder gemalt?« fragte Max Wendt, indem er sein Auge aufmerksam über die wunderlichen Kunstleistungen gleiten ließ.

»Werke unsers armen jungen Herrn,« fiel die Dame mit einer Verklärung ihrer strengen Züge ein, die zeigte, wie stolz sie darauf war. »Ja, er verstand sich darauf,« fügte sie hinzu; »und er hat mit solchem Eifer gemalt! Noch drei Tage vor seinem Tode saß er den ganzen Vormittag an der Staffelei! Nicht wahr, die Sachen sind von Meisterhand?«

Von Meisterhand waren sie nun eben nicht. Aber auch nicht gerade wie von Schülerhand. Sie hatten nichts Unsicheres, Schwankendes, ängstlich Getifteltes. Im Gegenteil, es ging etwas wie ein großer Zug durch diese Schildereien; weder mit großen derben Konturen, noch mit grellen Farbenwirkungen war gespart; aber etwas forciert Genialisches lag in diesen verzerrten Spiegelbildern der Natur, in diesen nachtschwarzen Gewittern, die einen spukhaft aussehenden Wald durchtobten, diesen Flammengluten, die sich über Erde und Himmel von untergehenden Sonnen ausgossen. Der Künstler, der hier gewaltet, mußte seine Lust daran gefunden haben, die Natur nicht harmonisch sich austönen, sondern türkische Musik machen zu lassen. Die Lyrik der Natur, Goethes »Über allen Gipfeln ist Ruh'« hatte er jedenfalls nicht verstanden, obwohl sich die Schlußverse: »Warte nur, balde ruhest du auch«, an dem Frühgeschiedenen so tragisch hatten bewähren sollen. Max Wendt aber, dessen Auge mit gespanntem Interesse von einem zum andern dieser Bilder geglitten war, wandte sich plötzlich wie von etwas Unangenehmem berührt oder zurückgeschreckt davon ab. Etwas Irres, Unsinniges mochte ihn plötzlich aus solcher Naturabspiegelungsmanie anschauen und ihn nun betroffen machen, wenn er an das Schicksal dachte, welches der Justizrat so zuversichtlich der Schwester eines solchen Künstlers geweissagt hatte.

Das Archiv war in dem nächsten Raume zu finden, in einer gewölbten Kammer, welche den unteren Stock des alten Turmes einnahm. Als die Führerin des jungen Mannes die schöngeschnitzten, alten Eichenholzschränke vor ihm erschloß, sah er, daß sie allerdings wohlbewahrt und wohlgeordnet den Dokumentenschatz des Hauses enthielten. Er konnte sofort seine Nachforschungen begin-

nen, und seine Führerin verließ ihn nun, während er anfing Akten-
stücke zu mustern, zurückzulegen, oder auf dem mit Schreibgerät
versehenen Tisch am Fenster aufzuhäufen, um später Exzerpte aus
den einzelnen zu machen.

Darüber verging die Zeit, vergingen Stunden. Über dem Edelhof
von Nyvenheim lag eine eigentümliche, idyllische Ruhe. Nur zuweilen schnitt der Schrei eines Pfaues durch die tiefe Stille; von
Bewegung aber war ringsum nichts wahrzunehmen als das Nicken
der Zweige, das Flattern der Blätter in den von mattem Wehen
durchstrichenen Bäumen draußen. Von Zeit zu Zeit brach Sonnenschein durch die Wolken, die am Morgen den Himmel überzogen
gehalten, leuchtete in die stillbewegte Laubwelt hinein und ver-
schwand dann wieder, als ob er durch ein solches neckendes Spiel
diese träumende Welt erwecken wolle, ohne doch den rechten Willen dazu zu haben. Max Wendt blickte dann wohl auf und schaute
zerstreut auf die alten Baumwipfel, die Rasenflächen, den Teil des
Wasserspiegels, den er von seinem Turmfenster aus beherrschte.
War es denn eigentlich, mochte er sich fragen, für ein junges Mädchen, mit einer gestrengen Duenna und niemand anders zur Gesellschaft, in dieser Stille und Einsamkeit auszuhalten? Jetzt im Sommer mochte es erträglich, ja mehr als das, ganz reizend und genuß-
reich sein. Aber im Spätherbst, wenn die Stürme heulten, die Re-
genschauer sich über die entlaubten Bäume ergossen, oder gar im
tiefen Winter, wenn das kalte weiße Leichentuch sich über die heute
noch warme grüne Welt ausbreitete? Welch wunderlich geartetes
Gemüt gehörte am Ende doch dazu, es alsdann hier in der Einsamkeit aushalten zu können, an ihr zu haften, nicht aus ihr weichen zu
wollen, ja bei dem bloßen Gedanken an solches Weichen in tiefste
Empörung zu geraten? Sie wird wahnsinnig, wenn sie Nyvenheim
verlassen muß, hatte der Justizrat gesagt. Wäre es nicht verständi-
ger, zu sagen: sie wird wahnsinnig, wenn sie in solcher Einsamkeit
bleibt, wenn sie sich darauf versteift, es jahrelang, jahraus, jahrein
darin auszuhalten?

Und dann warf Max Wendt plötzlich wie mit einer unwilligen
Bewegung den Kopf zurück, wie entrüstet über den häßlichen Gedanken, der immer wieder zurückkehrte, und über den Justizrat mit
seiner albernen Wahrsagung. Was war's denn anders vielleicht, als
daß Fräulein Ludgarde einen inneren Reichtum hatte, der sie von

fadem Gesellschaftstreiben unabhängig machte, daß sie eine anders geartete Natur als die Dutzendmenschen ringsumher war, und daß man, weil man sie nicht verstand, sie dumm verleumdete!

Max Wendt mochte eine gute Zeitlang in dem Archivzimmer gesessen, bald sinnend und träumend über ein Aktenstück fort, bald lesend hineingeblickt und bald mit raschen Zügen seine Exzerpte aufs Papier geworfen haben, als sich langsam die Tür öffnete und die Dame, welche ihn eingeführt, auf der Schwelle erschien.

»Sie werden gewiß müde sein und Appetit bekommen haben, Herr Wendt,« sagte sie, »darf ich Ihnen nicht jetzt Ihr Diner auftragen lassen?«

Der junge Mann sah ein wenig betroffen auf.

»Ich danke Ihnen, ich möchte noch eine Zeitlang meine Arbeit fortsetzen und alsdann schon sehen, im Dorfe drüben ...«

»Im Dorfe drüben werden Sie nichts bekommen; um diese Stunde, es ist zwei, schon gar nichts mehr! Auch läßt das Fräulein sehr bitten ...«

»Es ist sehr gütig vom Fräulein. Erlauben Sie dann nur, daß ich als guter Reitersmann vorher meinem Pferde einen flüchtigen Besuch abstatte.«

Damit folgte er der Duenna, die draußen auf dem Flur einem Knechte schellte, welcher Max zu den Stallungen führte, wo er sein schönes Tier wohl aufgehoben fand.

Als er zurückgekehrt war, fand er im Speisezimmer ein kleines Diner aufgetragen, das der Entschuldigung mit ländlichen Zuständen, welche die Duenna vorbrachte, wenig bedurfte.

III.

Max Wendt aß mit dem Appetit eines jungen Mannes, der am
Morgen gearbeitet hat. Als er dann dem zum Dessert aufgetragenen
Obst zulangte und eben sich das letzte Glas Wein füllte, trat das
Fräulein Ludgarde ein, ein wenig unsicheren Schrittes und wie mit
einer gewissen Verlegenheit der Unterredung entgegengehend, zu
der die Spannung auf die Entdeckungen, welche der junge Jurist
gemacht haben konnte, sie herführen mochte. Sie fragte denn auch,
nachdem sie ihm gegenüber am Tische Platz genommen, nach dem,
was er ermittelt, und hörte achtsam auf alles, was er ihr darüber
auseinandersetzte. Im Anfang hatte sie viele Zwischenfragen, ging
auf vieles Detail, auf die einzelnen zur Sprache kommenden Guts-
bestandteile ein; dann aber wurde sie schweigsamer und ihr Blick
heftete sich steter und ausdrucksvoller auf die Züge des jungen
Mannes, der mit so großem und warmem Eifer ganz in ihrem Interesse aufzugehen schien. Sie hatte gestern vermieden, ihn aufmerksam anzusehen, und heute nun schien sie betroffen von dem Aussehen ihres Gastes und Konsulenten; vielleicht nahm sie jetzt erst
wahr, wie edel geschnitten dies leicht gebräunte Gesicht war, dieser
Van Dyck-Kopf mit dem sanften, in sich gekehrten Blick und dem
für einen so jungen Mann auffallenden Ausdruck einer Trauer oder
irgend eines tiefernsten Gedankens, der auch, wenn seine Züge sich
heiter belebten, nicht aus seinem Bewußtsein zu schwinden schien.

Ludgarde sah ihn wenigstens lange und so lange unverwandt an,
daß sie plötzlich, wie dessen inne werdend, tief errötete und rasch
sagte:

»Sie erinnern mich so sehr an Hugo – an meinen Bruder, Sie haben ihn nicht gekannt?«

Ein schwaches Lächeln glitt über Wendts Gesicht; er verneinte
nur durch ein Kopfschütteln.

»Wie sollen Sie auch?« fuhr sie fort. »Er war mehrere Jahre auf
der Akademie, von der er sich trotz aller Bitten des Vaters nicht
losreißen konnte, bis er sich dort den Keim zu seiner Brustkrankheit
geholt; und dann hat er Nyvenheim so wenig mehr verlassen!«

Max Wendt hörte diese Mitteilung ohne weitere Bezeigung einer Teilnahme an dieser Tatsache an und fuhr dann fort, dem Fräulein die Erklärung zu geben in welcher er unterbrochen worden war.

Ihre Blicke kehrten dabei wieder mit demselben Ausdruck des Interesses zu seinen Zügen zurück, und als er geendet hatte, sagte sie aufstehend:

»Ich will Ihnen das Porträt meines Bruders zeigen. Vielleicht interessiert es Sie auch, Nyvenheim und seine nächste Umgebung anzusehen?«

Als er sich verbeugte und ihr folgte, führte sie ihn durch den Flur in den nach hinten hinaus liegenden Wohnsalon. Die Duenna saß in demselben am Fenster, über eine Näharbeit gebückt; Ludgarde stellte sie vor als Fräulein Brigitte, ihre treue »Adoptivtante«, eine Bezeichnung, bei welcher Max Wendt zum erstenmal ein geschmeicheltes Lächeln über die Züge der gestrengen Dame gleiten sah. Und dann machte das Edelfräulein ihren Gast auf ein kostbar umrahmtes großes Ölporträt eines leidend und unglücklich, mit sich und der Welt unzufrieden aussehenden jungen Mannes aufmerksam, über dem ein dichter Lorbeerkranz hing. An der andern Wand ihm gegenüber hingen die Bilder zweier älteren Persönlichkeiten, eines Herrn mit reichem schlohweißem Haar und geistig belebten, offenen und heiteren Zügen und einer schmalbrüstigen, mageren Dame – – es waren die Eltern Ludgardens.

Das junge Mädchen hing mit sehr andachtsvollen Blicken an diesen ihr teuern Physiognomien, während die Augen der Adoptivtante, wie Max Wendt fühlte, sehr scharf und forschend auf ihm lagen. Er war nicht just geschmeichelt durch die Versicherung, daß er dem jungen Manne, aus dessen Zügen ihn jetzt wieder, wie vorher aus seinen Kunstleistungen, etwas Irres, einen unbehaglichen Eindruck Machendes anschaute, ähnlich sehe.

»Er hatte nicht Ihre Gestalt, mein Bruder, er war nicht groß und stark ... aber in den Zügen, nicht wahr, Brigitte, findest du nicht auch die große Ähnlichkeit unsers Gastes mit Hugo?«

Brigitte mochte finden, daß ein junges Edelfräulein mit einer solchen Behauptung einem fremden, jungen Manne gegenüber in der Zuvorkommenheit zu weit gehe. Sie fand die Ähnlichkeit gar nicht.

»Er hatte ein so glänzendes, großartiges Talent, mein Bruder,« fuhr Ludgarde zu sprechen fort; »hätte er sich entschließen können, Ausstellungen zu beschicken, er hätte sicherlich die glänzendste Anerkennung gefunden, und nur wenige Jahre längern Lebens würden ihn zu einem großen Ruhme gebracht haben, ganz ohne Zweifel!«

Seinen Unglauben an diese rührende Zuversicht einer Schwester kleidete Max Wendt in die Worte:

»Hat er nicht die Anerkennung gefunden, die ihm die wertvollste und teuerste sein mußte, und den schönsten Kranz dort, den ein Sterblicher erringen kann, den aus einer liebenden Hand? Das genügt einer edlen aristokratischen Natur. Was nutzt der Weltruhm? Was ficht uns am Ende alles das an, was diejenigen von uns denken, die wir nie sehen, mit denen wir nie in Berührung kommen, die ein ganz anders geartetes Dasein führen und derer Urteil für uns durchaus nicht maßgebend ist – die Welt, das ›Publikum‹!«

»Aber jedes Talent strebt doch zunächst nach Ruhm,« fiel Ludgarde ein, »es ist das immer doch das höchste Ziel der edelsten Geister gewesen.«

»Seltsam genug,« versetzte Max. »Ob und wie die Menge *andere* Menschen, andere Gegenstände lobt oder tadelt – es beeinflußt mein Urteil nicht im geringsten. Aber daß sie mich lobe, rühme, das soll das Streben meines Lebens sein? Liegt darin eine Gewähr für mein Verdienst? Ist die Menge, die für mich inkompetent ist in allem und jedem, plötzlich kompetent, sobald sie sich über mich zu Gericht setzt?«

»Also Sie würden sich aus dem Ruhm nichts machen?«

»Ich? nein,« versetzte Max Wendt nach einer Pause, wie der Gewissenserforschung, bevor er es aussprach. »Ich bedauere sogar die Ruhmsucher, am meisten die, welche ihn suchen müssen, weil ihre Lebensstellung davon abhängig ist. Und im übrigen,« fügte er lachend hinzu, »was ist denn heute noch der Ruhm? Der Ruhm ist heute, was so oft der Wein ist. Ein Fabrikat, ein gemachtes Ding; nur daß dieser Ruhm durch die Presse gemacht wird und dieser Wein eben nicht durch die Presse.«

»Das ist eine sehr stolze Anschauung der Dinge,« sagte lächelnd Ludgarde, »über die sich viel sagen ließe, viel mehr, als ich imstande bin Ihnen entgegenzuhalten, obwohl ich fühle, daß Sie doch nicht ganz recht haben.«

»Ich will auch nicht recht behalten,« entgegnete Max; »es wäre auch nicht gut, wenn meine Art zu denken allgemein würde. Der Ruhm ist ein imaginärer Wert, aber das Streben danach zwingt die Menschen in den Dienst des Allgemeinen.«

»In der Tat,« meinte heiter Ludgarde, »wenn unsere Künstler, unsere Schriftsteller so dächten wie Sie, – welche Fülle wunderlicher Käuze, welche Massen barockster Hervorbringungen wir sehen würden. Wieviel Narren auf eigene Faust wir sehen würden! Jetzt müssen sie sich dem Geschmack dessen anbequemen, der weiser ist als Newton und klüger als Talleyrand – des Herrn Tout-le-Monde. Aber lassen wir dies Thema fallen, damit ich Ihnen mein kleines Reich zeigen kann.«

Sie schritt dabei durch die halboffene Fenstertür, welche auf eine kleine Terrasse führte und von dieser in die Gartenanlagen nieder. Max mußte, indem er an ihrer Seite blieb, ihre Voliere zunächst bewundern, die hinter Gebüsch versteckt lag und in der bei Ludgardens Annäherung eine große Aufregung des flatternd und schreiend sich ihr entgegenstürzenden Geflügels entstand. Sie machte ihn heiter plaudernd mit ihren Lieblingen in dieser lauten bunten Gesellschaft bekannt, die sie fast alle selbst erzogen und aufgenährt hatte.

Dann mußte er durch die kleine Musterwirtschaft mit ihr wandeln, in welche er bereits bei dem Besuch seines Pferdes einen Blick geworfen, die trefflich gehaltenen Ackerpferde und wohlgepflegten Rinder schauen.

»Aber Sie sehnen sich wohl, aus dem Bereich begeisterter Tierpflege – die auch Sie wohl Philo-Betise nennen werden – zu gelangen,« sagte lächelnd Ludgarde dabei, »ich will Ihnen zum Lohn für Ihre Geduld unsere Gärten zeigen.«

»Ich kann mir denken, daß man sich in das Tierleben versenken, eine Fülle individueller Züge und Charakterbesonderheiten beobachten kann, und daß dadurch unsere Sympathien von ihnen in

Beschlag genommen werden, wir ihnen sogar in unserm Gefühl weitgehende Rechte auf uns einräumen,« versetzte Max Wendt. »Von ›Philo-Betise‹ ist doch wohl erst dann zu reden, wenn wir unsere Unabhängigkeit dadurch einbüßen.«

»Mich freut, daß Sie so viel einräumen. Aber unsere Unabhängigkeit – büßen wir sie nicht immer ein, wo wir Beziehungen anknüpfen, in die sich etwas von unserm Gefühl mischt? Und ist die Unabhängigkeit ein so großes Gut? Ist dies nicht eine Erfindung der Egoisten? Mögen die Männer nach Unabhängigkeit streben, die Frauen bedürfen ihrer nicht; im Gegenteil …«

»Sie sollen aber doch nicht abhängig sein von den Pflichten, welche ihnen die Pflege ihrer Tauben, Perlhühner, Hunde und Rinder auferlegt!«

Ludgarde lachte. »Nein,« sagte sie. »Aber wenn sie all dieses brave Volk, unter dem so viele treue, geduldige Pflichterfüller, so viele unermüdliche Arbeiter sind, selbst aufgezogen und aufgenährt, und benutzt und ausgebeutet haben, so sollen sie ein Herz für sie haben. Und nun kommen Sie über diese Brücke.«

Sie schritten über eine Holzbrücke, welche die den Edelhof umgebenden Anlagen mit den jenseit des Grabens liegenden Gärten verband, die, nach alter Weise angelegt, lange, gerade, mit Buchsbaum eingehegte Pfade zeigten. Zwischen Taxushecken zog sich der Hauptpfad langsam aufwärts bis zu der Hügelreihe, welche die Talmulde umzog; er endete da oben an einem kleinen, mit dem Rücken sich an den Wald lehnenden, offenen Pavillon, ein hübsches sechseckiges Rokokobauwerk, das, nach vorn offen, sich auf Pfeilern stützte, während die drei Rückseiten geschlossen waren. Ludgarde nahm auf der Bank im Hintergrunde Platz, und vom raschen Aufwärtsschreiten aufatmend sagte sie:

»Hier übersehen Sie mein ganzes kleines Reich, an das ich die Unabhängigkeit, welche Sie so preisen, verloren habe. Sehen Sie dort die altersgraue Dorfkirche mit dem stumpfen, plumpen Turm – in der bin ich getauft und bin ich konfirmiert; in ihrem Schatten, in der Gruft neben dem Chor sind meine Voreltern, mein Vater, meine Mutter, mein Bruder begraben. Den Menschen hier ringsum in den zerstreut liegenden Häuschen gehöre ich an – wenn sie krank werden, kommen sie zu mir gelaufen, denn den Arzt aus der Stadt herbeizuholen haben sie kein Geld; wenn eins dieser Häuser abbrennt, ich muß ihnen durch einen Vorschuß möglich machen, einen Neubau zu beginnen, denn bis die Versicherungsgelder nach hundert Schwierigkeiten und Formalitäten flüssig sind, kommt der Winter heran, der sie obdachlos fände. Wenn sie Streit haben, wenn häusliches Unglück über sie kommt, wenn es Lagen für sie gibt, in denen sie sich nicht zu helfen wissen: ich muß sie anhören und ihnen raten, so gut ich's verstehe. So gehöre ich ihnen – was begännen sie ohne mich? Und mir wieder gehört dieser Grund und Boden ringsum, über den ich gewacht und gewaltet habe; denn mein Vater überließ das seit Jahren mir, um ungestört seine Studien, seine Forschungen in der ältesten Landesgeschichte, seine Urkundensammlungen treiben zu können – und Hugo, mein Bruder – Sie haben gesehen, womit er sich beschäftigte. Auf mich fielen die Sorgen, die liebe Not, wie man's so richtig nennt, mit dem Unserigen. Mir gehört jetzt jenes Haus, unter dessen Dach wir alle erwachsen sind, in dem wir alle als Kinder gespielt, als aufwachsende Menschen Freud' und Leid erlebt, in welchem die Wände für mich wie ein Echo bewahrt haben der vollen Stimme meines teuern, teuern Vaters, wenn er über Menschen, Welt und Leben zu uns sprach, und des sanften Schrittes meiner Mutter – und, ja am deutlichsten, das schmerzliche Echo des Hustens meines armen Bruders bei einem seiner Anfälle, bei denen ich so erschrocken und ratlos meine Hände rang. Sprechen Sie selber – gehört es nicht mir – kann ich da einer Macht auf Erden das Recht einräumen, mich da hinauszutreiben, mich heimatlos in die weite Welt zu werfen, in der ich fremd bin, in der ich nichts zu suchen, nichts zu tun, zu schaffen habe? Muß ich mein Recht nicht verteidigen bis aufs Äußerste?«

»Gewiß,«, versetzte Max Wendt, gefesselt von der eigentümlichen Schönheit, die ihre geröteten Züge überglänzte, »gewiß, es ist das nur zu natürlich! Nur muß die Verteidigung da in Ergebung übergehen wissen, wo sie beginnt unnütz zu werden und zur Selbstvernichtung zu führen. Wir verwechseln nur zu leicht unser inneres Berechtigungsbewußtsein mit dem äußerlich durchzusetzenden Recht.«

»Mag sein. Aber wenn es sich nicht allein um unser Recht, sondern um unsere Pflicht handelt, wenn es eine Pflichtverteidigung gilt, dürfen wir an Ergebung nicht denken.«

»Und handelt es sich hier für Sie um eine Pflicht?«

»Ja. Um eine Pflicht gegen mich selbst; ich darf mich nicht zu einem welken, von seinem Stamm abgerissenen Blatt machen lassen, das dem Winde zum Spiel überlassen wird. Ich darf mich nicht trennen lassen von der Welt, der ich gehöre. Ich muß ihr treu bleiben! Die Treue scheut kein Opfer, sie kennt kein Sichergeben in Lossagung und Entfernung, sie scheut den Tod nicht.«

Ludgarde hatte das mit steigender Wärme, das letzte Wort mit Heftigkeit gesagt – mit schmerzlichem Lächeln setzte sie hinzu:

»Sie sehen mich betroffen, scheu an ... fürchten Sie, daß ich meine Grundholden zusammenberufen, bewaffnen, und mein Haus mit Flintenschüssen verteidigen lassen könnte? Das nicht, denn was würde es am Ende helfen? Vielleicht hülfe, es in Flammen aufgehen zu lassen; und jedenfalls hilft mir am besten ...«

Sie endete nicht. Max sah sie erschrocken, fragend an.

»Die Stelle in der Gruft der Meinigen, die mir gehört, würde ich mir zu sichern wissen,« setzte sie jetzt leiser wie für sich hinzu.

Dann stand sie auf und trat schweigend den Rückweg in die Gärten hinab an. Max wagte nicht zu sprechen und das Thema weiterzuführen.

Nur nach einer langen Pause sagte er:

»Kennen Sie das merkwürdige Buch ›Michel Kohlhaas‹ von Kleist?«

»Nein. Ich kenne von Kleist nur – seine heroische Art, groß und mutig ein unheilbares Elend zu enden.«

»In jenem Buche,« erwiderte Max nach einer kurzen Pause, »geht der Held doch nicht groß und heroisch, sondern nur tief beklagenswert an dem Irrtum zugrunde, im Konflikt zwischen innerem und äußerem Recht müsse jenes siegen.«

Ludgarden schien an Michel Kohlhaas nichts zu liegen. Max fühlte eine innere Unzufriedenheit mit sich, daß er nichts weiter zu sagen wußte, um den in ihr erweckten schmerzlichen Gedankengang zu beschwichtigen. Sollte er sie vertrösten auf die Ergebnisse, die seine eben unternommene Arbeit haben würde? Er war zu tief ergriffen, um unwahr sein zu können; er wußte ja zu gut, daß er mit seiner Arbeit nur verzögern, einen Aufschub für Ludgarde gewinnen, nicht das endliche Schicksal abwenden konnte.

Er sagte endlich:

»Ein einsichtiger Mensch gibt doch, wenn auch blutenden Herzens, der überlegenen Gewalt nach, sobald er sieht, daß das Widerstreben vergeblich ist. Sie sind bisher hier die Herrin gewesen, haben geleitet, geordnet, belebt und erhalten. Gewiß liegt in solcher Tätigkeit ein Glück. Aber ein höheres doch im Schaffen. An Ihrer Stelle würde ich mir ein schönes neues, wenn auch bescheidenes Heim erwerben, erschaffen, nach meinem Geschmack umgestalten ...«

»Ich bitte Sie,« versetzte verächtlichen Tones Ludgarde, »das lautet, als ob der Mutter, der man ihr Kind entreißen will, gesagt würde: suche, adoptiere dir ein anderes!«

Damit war Max denn nun gründlich geschlagen.

Als sie ins Haus zurückgekehrt waren, begab er sich in seinen Turm zurück, um in seiner Arbeit fortzufahren. Aber sie wollte nicht gedeihen, seine Gedanken wollten nicht dabei haften; er beschloß aufzubrechen, um am andern Tage zurückzukehren – für mehrere Tage hatte er ohnehin ja zu tun.

IV.

Unser junger Rechtsgelehrter ritt sehr tief in Gedanken versunken nach dem Städtchen heim, in welchem wir ihn zuerst kennen lernten. Das schöne, von einer so furchtbaren Entschlossenheit beseelte Edelfräulein hatte ihm einen tiefen Eindruck gemacht, der ihn nicht wieder losließ. Er glaubte ganz in die Tiefe eines außergewöhnlich stark und mächtig empfindenden Gemütes, wie ihm noch keins im Leben begegnet war, geblickt zu haben. Das, sagte er sich, war es eben – die Überfülle tiefen Gemütes, die ihr die Kraft gab, dem verhängnisvollsten und verwegensten Gedanken furchtlos ins Auge zu schauen, sich lieber mit den schrecklichsten Entschlüssen zu tragen, als den Rechten ihres Gemütes zu entsagen. Freilich, es war wunderlich genug, so fest und unlöslich das Gemüt mit allem seinem Leben an einen Besitz, ein Vaterhaus zu klammern. Aber dies Vaterhaus war ihr die Heimstätte ihrer Glückserinnerungen, der Ort, wofür sie ihr Vater, ihr Bruder noch ein schemenhaftes, von allen Gegenständen, zwischen denen sie sich bewegte, reflektiertes Leben hatten – zog sie aus diesem Hause fort in die fremde Welt, so hatte sie das Gefühl, jene ganz und völlig zu verlieren.

Und dann – Ludgarde war so schön, eine so bedeutende Erscheinung – war es denn wahrscheinlich, daß sie zu ihren Jahren gekommen, ohne Neigungen zu erwecken, ohne irgendeine zu erwidern? Hatte sie nicht vielleicht schon solch eine Neigung mit blutendem Herzen geopfert, eben weil ihr Besitztum, ihr Vater, ihr kranker Bruder sie nicht entbehren konnten? Und mußte nun nicht solch ein gebrachtes Opfer ein neuer Kitt, eine neue Fessel für sie geworden sein?

Max erboste sich innerlich jetzt über die Roheit der Menschen, die Ludgardens starrsinniger Verteidigung ihres vermeintlichen Rechtes eine so herzlose, alberne Deutung gaben. Nun ja – sie kannten, wußten das ja: es war nichts Neues im Lande – wenn kein Sohn da ist, so erbt nicht die Tochter, sondern ein oft sehr entfernter Namensvetter, und die Tochter zieht mit einer Aussteuer, einer mäßig bemessenen Leibrente ab; das war unzähligemal vorgekommen auf den Gütern; das schreiende Unrecht, welches darin lag, das hatte der alte Brauch längst aus dem Bewußtsein der Menschen verwischt. Wie konnte das Fräulein von Nyvenheim sich dawider so hartnäckig auflehnen, daß es zum Gespött werden mußte, daß es durch Prozessieren arm wurde? Die Menge urteilt so rasch, so roh, so dumm, und mußte sich Max nicht selber die Raschheit seines Urteilens vorwerfen, als er beim Beschauen der Gemälde Hugo von Nyvenheims aus diesen wunderlichen Farbendithyramben auf Ludgardens Geistesart Rückschlüsse hatte machen wollen?

Als er am folgenden Vormittag in seiner Arbeit fortzufahren kam, wurde er vor dem Hause nur noch von dem Knechte, der ihm gestern sein Pferd abgenommen, empfangen. Im Hause selbst herrschte merkwürdige schweigende Stille, die nur durch ganz gedämpfte, aus der ländlich beschäftigten Außenwelt herübertönende Geräusche, wie von geschwungenen Dreschflegeln oder in der Ferne klapperndem Flachsbrechen, unterbrochen wurde. Durch die Fenster des Gemaches, in welchem Hugos wilde Ausstrahlungen eines zu hoch lodernden Genies hingen, sah Max Ludgarde draußen auf dem Rasen unfern des Wassers stehen und ein paar Mägde beim Ausspannen von Leinenstücken dirigieren; er mußte bei der schönen Gestalt, deren plastisch fließende Umrisse sich von der stahlgrauen Fläche des Wassers abhoben, an Nausikaa denken, an Gudrun, die ja auch in »verrücktem« Selbstbewußtsein König Helges kostbare Wäsche ins Meer warf. Sein Auge blieb gefesselt an ihrer Gestalt hängen, bis sie seinen Blicken entschwand und er nun, wie sich besinnend, weiter schritt und all seine Gedanken den Akten und Dokumenten zuzuwenden strebte, um derentwillen er gekommen.

Er mochte eine Stunde gearbeitet haben, als es leise an seine Tür pochte und die steife Duenna, welche ihn gestern empfangen hatte, eintrat. Sie schien ein wenig verlegen, kam um zu fragen, ob dem Herrn Referendar auch nichts abgehe, und dann, während Max einen Stuhl heranzog, sagte sie, wie sich ein Herz fassend:

»Sie flößen uns ein so großes Vertrauen ein, Herr Wendt – auch dem Fräulein, das glaubt, mit Ihnen sei uns nun die Rettung ganz sicher gekommen – Sie sind so gar nicht wie die andern Herren Juristen, wie der Herr Justizrat, der viel zu viel Worte macht, als daß sie alle wahr sein könnten – ich bin überzeugt, Sie sagen mir die

Wahrheit, wie es eigentlich um den Prozeß steht und ob wir wirklich jetzt Aussicht haben, ihn zu gewinnen?«

Max sah in das ernste Gesicht mit den langen, wie gefrorenen Zügen vor ihm, er konnte sich überzeugt halten, daß hier nicht eigennützige Sorge um sich selbst, die Sorge einer Dienernatur, welche sich auf einem sinkenden Schiff fühlt, sprach; deshalb antwortete er:

»Wir wollen eben tun, was wir können, jeden Zoll breit Boden verteidigen, der Ausgang steht in der Hand der Richter.«

Die alte Dame legte verzagend die Hände in den Schoß.

»Kennen,« fuhr sie dann fort, »wissen Sie, da Sie doch auch aus der Hauptstadt sind, etwas von unserm Gegner, dem alten Herrn von Dalhausen zu Hasberg? Er hat immer unsern seligen Herrn gehaßt, schon von ihren jungen Jahren her, wo sie durch ihre Meinungen und Ansichten scharf aneinandergeraten sein sollen, und Gemeinschaft haben die beiden Familien nie miteinander gepflogen. Aber nun, heißt es ja, sei er ganz besonders darauf erpicht und versessen, in den Besitz von Nyvenheim zu kommen, weil er seinen Sohn mit einem reichen Mädchen verheiraten will, und für die jungen Leute kein anderes Heim hat? Du lieber Gott, da ist dann wohl gar nichts zu hoffen – etwa, daß Herr von Hasberg bewogen werden könnte, Nyvenheim Fräulein Ludgarde, wenigstens solange sie lebt, zu lassen...«

»Nein,« sagte Max, »das ist, soviel ich davon vernommen habe, nicht zu hoffen. Sie dürfen jedoch Herrn von Hasberg deshalb nicht falsch beurteilen. Er verlangt gewiß nur sein Recht und glaubt dies seiner Familie schuldig zu sein. Er hat mehrere Söhne; an dem älteren, den er für die diplomatische Karriere bestimmt hatte, hat er, so wie ich höre, schon das große Herzeleid erleben müssen« – Max sagte das mit einem eigentümlich spöttischen Lächeln – »daß er sich dazu völlig untauglich und unbrauchbar erwiesen, und was die reiche Braut angeht, nun ja, es wäre ein hübscher Zug des Schicksals, wenn es ihn nun damit und mit Nyvenheim entschädigte« – um Maxens Lippen spielte dasselbe Lächeln wieder – »dann bekäme der jüngere Bruder später das väterliche Gut Hasberg ... Sie sehen also ...« »Daß da nichts zu hoffen ist,« fiel die alte Dame ein, leise den Kopf schüttelnd und betrübt auf ihre mageren, in

Halbhandschuhen steckenden Hände blickend, »mein armes, armes Fräulein!«

»Aber, Sie haben sicherlich viel Einfluß auf das Fräulein und ihre Art, zu empfinden: vermögen Sie nichts, ihr die Trennung von Nyvenheim erträglicher erscheinen zu lassen? Das Leben in einer größern Stadt muß doch auch für sie seine Reize haben, sie würde sich die ihr zusagendsten und genehmsten Kreise dort auswählen können...«

»Ach, die Stadt,« fiel tief aufseufzend die Duenna ein, »sie haßt die Stadt, sie war dort in der Pension und fühlte sich schrecklich unglücklich dort. Dann war sie mit ihrer seligen Mutter einen Winter hindurch dort, und dann hat sich allerlei junges Herrenvolk in einer Weise um sie gedrängt, daß es ihr ganz verhaßt und unerträglich geworden ist, sie ist eben nicht wie andere junge Mädchen! Sie mag von der Stadt nicht reden hören...«

»Das ist doch auch,« fiel hier fast schüchtern und tastend Max ein, »das ist doch auch etwas Verkehrtes, Ungesundes in einem jungen Mädchen, so die Welt zu hassen, an der Einsamkeit zu hangen...«

Die alte Dame fixierte ihn scharf.

»Sie denken an... nun ja, man hat ja schon unserm armen Herrn Hugo nachgesagt, er sei ein verrücktes Genie, und jetzt sagt man...« Die gute alte Dame fuhr plötzlich mit dem Tuche an die Augen, und schloß mit den Worten: »Sie kennen sie jetzt! Sie sollten nicht auch solche Gedanken aufkommen lassen! Das Fräulein ist zu gut und hängt zu sehr mit dem Herzen an dem Ihrigen, das ist alles; und nun bedenken Sie, wen sie alles hat verlieren müssen, erst die Mutter, dann den Vater, endlich auch den Bruder noch, dadurch ist solch ein tiefer Ernst in ihre Seele gekommen, und willensstark ist sie auch, das war sie immer und von je...«

»Freilich, es ist zu begreifen,« versetzte nachdenklich Max. »Aber wenn der Prozeß ein Ende nimmt, wider sie... was wird das Fräulein anders tun können, als sich dennoch entschließen, in irgend eine Stadt zu ziehen, sich an irgend eine Jugendfreundin, Bekannte anzuschließen, vielleicht auch einen Wirkungskreis, in welchem sie tätig sein kann, zu wählen, wenn nicht am Ende dennoch das bei ihrer herzgewinnenden Schönheit Natürlichste von allem eintritt und...«

»Ich verstehe, was Sie sagen wollen,« antwortete die alte Dame kopfschüttelnd, »aber leider wird nichts von dem allen geschehen; sie wird nicht weichen wollen von hier, sie wird bei den Ihren bleiben wollen, bei den Toten und bei den lebenden Armen, die sich an ihre Hilfe gewöhnt haben; sie wird sich einmieten im Dorfe drüben und...«

»Dort ihr Leben vertrauern? Das wäre nun doch, um darüber den Verstand zu verlieren!«

Die alte Dame sah mit kummervollem Blicke vor sich hin. Dann stand sie auf, um, wie sie sagte, Max nicht länger zu, stören, und ging, offenbar wenig durch die Unterredung getröstet.

Um dieselbe Stunde wie gestern erschien sie wieder, um Max zum Essen zu bitten. Er fragte sich in erregter Spannung, ob Fräulein Ludgarde wieder erscheinen würde, aber nicht lange; diese kam heute schon früher, als er erwartet, und reichte ihm mit großer Unbefangenheit die Hand. »Sie sollen sich Ihr Diner nicht durch mich verkürzen lassen,' sagte sie, als er aufsprang; »ich nehme selbst an Ihrem Nachtisch teil und schäle Ihnen das Obst; und dann mache ich wie gestern Ihre Führerin zu den bescheidenen Merkwürdigkeiten unseres Tales. Heute sollen Sie unsere alte Dorfkirche zu bewundern bekommen.«

Als sie nach einiger Zeit auf dem Wege zu dem Dorfe waren, zu dem eine Lindenallee von Haus Nyvenheim führte, sagte Ludgarde:

»Woher mag die wunderliche Sage stammen, daß man auf seinem Gute keine Lindenallee pflanzen soll, daß es dann nicht auf die dritte Generation kommen wird? Es sollte mich betroffen machen, denn mein Großvater hat diese Linden gepflanzt.«

»Sind Sie abergläubisch, Fräulein Ludgarde?«

»Nicht sehr. Ein wenig. Genug, um mich mit denen, die es sind, zu vertragen, z. B. mit meiner Brigitte. Ich denke, alle Menschen von Phantasie sind es. Das Glauben ist so verlockend. Mein Vater sagte, es sei so überflüssig, den Menschen Dogmen zu geben, da sie sich deren schon zu viel selber machten.«

Ohne auf die Linden und ihre bösen Kräfte zurückzukommen, fuhr Max fort: »Sind Sie nicht begierig, von mir einen Bericht zu erhalten, was alles ich bisher in Ihrem Archiv ermittelt, klar gestellt...«

»Gewiß, gewiß,« sagte sie wie ängstlich zusammenfahrend, und fuhr dann rasch aufatmend fort: »Oder eigentlich nein; seit ich die Sache in Ihren Händen weiß, nicht; ich möchte nichts davon hören jetzt; ich vertraue Ihnen, ich möchte am liebsten in diesem Vertrauen bleiben, ohne selbst sehen zu müssen; wenn es aber nötig ist, daß ...«

»Es ist durchaus nicht nötig,« fiel Max lebhaft ein; »denn in der Tat, Sie können mir vertrauen, mehr als irgend jemand auf Erden.«

Er sagte das mit einer Wärme, daß Fräulein Ludgarde errötete und für eine Weile verstummte. Auch Max wußte nicht, wie er wieder anknüpfen sollte.

Das Dorf war nicht weit. Es lag unregelmäßig zerstreut um den Kern, den die Kirche mit ihrem von alten Kastanienbäumen beschatteten Kirchhof, und die umherliegenden besseren Häuser bildeten. Durch das feuchte, tief in die Erde gesunkene untere Turmgewölbe trat man in die stets offene Kirche, in der es ebenfalls immer dämmerig sein mußte; denn obwohl Bögen und Gewölberippen die Spitzform zeigten, waren doch die Fenster romanisch, das heißt rundbogig und klein, aus einer Zeit stammend, die des Lichtes bei ihrer Andacht nicht bedurfte, weil sie nicht lesen konnte. Über dem Hochaltar prangte – wenn man dies von altem, graugetünchtem Schnitzwerk sagen kann – das Dalhausensche Wappen; farbenreicher zeigte es sich auf den schwarzen Rautenflächen der Sterbeschilder, welche über den Mauerpfeilern angebracht waren.

Max zeigte für diese ein vorzugsweises Interesse; er las die Umschriften auf denselben, er zog ein Notizbuch heraus, in das er die gelesenen Namen eintrug.

»Hier ist das Wappen verändert,« sagte er vor einem derselben; »der gezinnte Balken hat nur drei statt fünf Zinnen.«

»Der Maler wird kein so guter Heraldiker wie Sie gewesen sein,« antwortete lächelnd Ludgarde; »kennen Sie so genau das Wappen der Dalhausen?«

»Wenn man in Ihrem Archiv arbeitet, lernt man's doch kennen,« antwortete er sich abwendend, und begann es nun auch auf den alten Grabsteinplatten zu suchen, wo er Ludgarde einigemal darauf aufmerksam machte.

»Es ist hübsch,« sagte er dann, »daß Ihr Pfarrer kein roher Ikonoklast ist, wie so viele seiner Amtsbrüder, die allen altertümlichen Schmuck zerstören und ihre Kirchen ›stilgerecht‹ versimpeln!«

»Sie hassen eben das Altertümliche, denn es lehrt uns Geschichte,« entgegnete Ludgarde. »Die Geschichte ist ein leidiges Ding für sie. Es ist etwas Fürchterliches um die Geschichte der Kirche. Man blickt auf eine Welt der Verfolgung, unbegreiflicher Grausamkeit, herzbrechender Foltern und Qualen; welches Elend ist da über Menschen, Volksstämme, Länder, Völker von hoher und edler Kulturblüte gebracht! Und das alles um ihrer herrschsüchtigen Dogmen willen! Ist es nicht grausig? Und dann diese schreckliche Reformation...«

»Sie nennen sie schrecklich?« fiel Max überrascht ein.

»Nun ja – die Menschen waren ja auf dem Wege, sich zu besinnen, zu befreien. Schon die Mystiker, schon große Orden hatten den Gedanken der Innerlichkeit aufgenommen, ihn still gehegt. Die Menschen des Humanismus, der Renaissance lösten dann schon mit kühneren Händen die Fesseln. Da kommen diese unglückseligen Reformatoren mit ihren neuen Auslegungen, mit ihrem Streit um Bibelstellen, mit ihrer wütenden Sektenpolemik. Das Dogmengezänk entbrennt neu an allen Ecken, der Katholizismus, der längst in sich zu vermodern begonnen, wird aufgestachelt, sich neu zu beleben und frisch zu kräftigen, und aus dem Dogmenhader wird endlich das Verderben des Dreißigjährigen Krieges, das Verderben der heutigen Spaltung, die Niedertracht des Konfessionshasses.«

Während sie so sprach, sah Max verwundert in ihre belebten, klaren Züge. Der geschichtsphilosophische Gedanke, den sie aussprach, mochte ihm neu sein; jedenfalls kostete es Nachdenken, um über seine Wahrheit oder Unwahrheit klar zu werden.

Sie lachte plötzlich mit einer Fröhlichkeit auf, welche zeigte, daß solche Fragen doch keinen Einfluß auf ihre Stimmung hatten.

»Sie sehen mich mit mißbilligender Verwunderung an, daß ein junges Mädchen sich herausnimmt, solche Urteile zu fällen, sich Verständnis für solche Dinge zuzutrauen!«

»Nicht doch – wenn sie sich die nötigen Kenntnisse erworben hat, ohne welche solche Urteile allerdings frivol sein würden...«

»Das ist's eben – die Kenntnisse, darum fragt sich's. Und nun will ich mich von dem Vorwurf der Frivolität reinigen. Die Kenntnisse hatte mein guter Vater für mich, und was ich eben sagte, war im ganzen sein Gedankengang. Absolvieren Sie mich jetzt?«

»Absolvieren? Ich danke Ihnen für eine Anschauung, deren Größe mich jedenfalls den Geist Ihres Vaters verehren läßt.«

»Sie können mir nichts sagen, was mir wärmer zu Herzen ginge,« sagte Ludgarde mit einem dankbaren Blick in seine Züge.

»Sie haben,« fuhr Max nach einer Pause fort, während sie schon draußen die Kirche umschritten, um die alten eingemauerten Grabsteine zu betrachten, »sicherlich in der Bibliothek Ihres Vaters einen Schatz in Nyvenheim. Dürfte ich dahinein einen Blick werfen?«

»In unsere kleine Büchersammlung? Ohne Zweifel, ich zeige sie Ihnen sehr gern; obwohl Sie aus der Zusammenstellung der Bücher sich kein Bild von der Geistesrichtung des Vaters machen können. So etwas wächst aus den Anschaffungen verschiedener sich folgender Generationen zusammen, und so steht des Urgroßvaters ›Voiture‹, ›Benserade‹ und andere Hotel-Rambouillet-Poesie neben des Großvaters ›Ruinen von Palmyra‹, des Vaters ›Gibbon‹ oder ›Lessing‹ oder seinen Philosophen.«

»Das jedoch macht eine Büchersammlung interessant, die Fülle des Verschiedenen, das uns deshalb auch mit einer Menge uns unbekannter Titel und Namen wunderlich anmutet. Das Unbekannte, uns Verschlossene, Geheimnisvolle reizt und verspricht. Ich habe diesen Eindruck nie mehr als in einer Bibliothek. Wie unendlich, wie unaussprechlich mannigfach ist das Geistesleben der Menschen; das umschwirrt alle Höhen, bohrt sich in alle Tiefen des Daseins ein, und am Ende...«

»Umschwirrt es mit seinen schwachen Mottenflügeln doch nur – nicht das eine große Licht, sondern das eine große Dunkel!«

Max sah sie wieder ein wenig betroffen über solch eine Äußerung aus dem Munde eines jungen Mädchens an. Er sagte rasch:

»Sie sind nicht Pessimistin?«

Er hatte es mit einem Ton der Sorge, als ob es ihm ein persönliches Anliegen sei, gesprochen. Deshalb sah Ludgarde offen zu ihm auf, als sie lebhaft antwortete:

»Gewiß nicht! Diese Art der Philosophie ist mir zu kokett.«

»Kokett?«

»Nun ja, steckt nicht in all der pessimistischen Geistreichigkeit ein großer Teil von Koketterie mit der eigenen Tiefe des Empfindens, und der eigenen, schneidigen Schärfe des Erkennens?«

»Vielleicht,« sagte er. »Es ist jedenfalls nichts Gesundes. Kokett? Ein gefallsüchtiger Philosoph? Der Gedanke hat etwas Komisches. Aber Sie mögen recht haben. Eine stärkere größere Zeit hat ihren Stolz in den mutigen Widerspruch gesetzt. Unsere will nur noch gefallen!«

Max Wendt kam heute viel später erst als gestern von Nyvenheim fort. Ludgarde hatte ihn sogleich, als sie von dem Spaziergang zurückgekommen, in die Bibliothek geführt; sie war in dem oberen Turmgemach oberhalb des Archivs untergebracht. Sie war nicht groß und enthielt doch, wie Max die Rückentitel übersehend gestand, eine Fülle von Schriften, deren Verfassernamen und Inhalt ihm so fremd waren wie die Sprache von Wadai oder Honolulu. Und daraus quollen den beiden jungen Leuten nun die Anstöße zu lebhafter Unterhaltung und einem Gedankenaustausch, der kein Ende fand. Beide empfanden eine Art Herzensfreude darüber, wie ihr Geschmack in den meisten Dingen harmonisch sich begegnete, oder, wo er von verschiedenen Standpunkten ausging, sich doch sobald friedlich zu einigen wußte.

»Etwas Erschreckendes liegt im Durchmustern solcher Sammlungen der Werke einer früheren Zeit,« sagte Max; »das ist die beständige Entdeckung moderner, laut präkonisierter Gedanken in den alten, längst wieder vergessenen Büchern. Man könnte verzagt alles Denken einstellen, weil man doch immer nur schon Vorgebuchtes und schon – klarer und tiefer vielleicht – Ausgesprochenes denken kann.«

»Deshalb sollten unsere Denker demütiger sein,« versetzte Ludgarde, »und«, setzte sie lächelnd hinzu, »dem Empfinden der Frauen den Vorrang lassen. Es ist doch immer neu, weil es sich auf einen neuen Gegenstand richtet.« Ludgarde hatte sich auf das Taburett an der Nische des Turmfensters gesetzt, während Max vor den Schränken sich hin und her bewegt hatte. Er kam jetzt und setzte sich an die andere Seite des schmalen, in die tiefe Nische gestellten Tisches und antwortete lebhaft:

»Steht es darum höher? Bei der Männer Denken wiederholt sich immer am Ende der Inhalt; bei der Frauen Empfindung wiederholt sich immer das Wie, die Form.«

»Bei allen? Wiederholt sich die Form, der Ausdruck ihres Gefühls? Wie wissen Sie das? Ich denke, das kann edeln Männern nicht zur Erfahrung werden?« versetzte sie.

»Sie haben recht,« entgegnete Max. »Ein edler Mann verlangt nur einmal vom Schicksal das Glück, die Empfindung, das volle Herz einer Frau sich zugewandt zu sehen, es gibt für den richtig fühlenden Mann nur eine Liebe.«

»Ist das nicht das Bekenntnis Ihrer Jahre? Werden spätere nicht Sie anders empfinden lassen?«

»Nein, nein,« fiel er ein, »niemals. Ich stimme vollständig jenem Autor bei, der eine zweite Liebe einen falschen, den natürlichen ersetzenden Zahn nannte.«

Beide lachten, wie um eine beginnende Verlegenheit zu maskieren. Darüber trat die »Adoptivtante« herein, und nun nahm das Gespräch eine andere Wendung, und Max empfahl sich jetzt bald darauf; er sah zu seiner Überraschung, daß der Nachmittag viel zu sehr vorgerückt war, um ihm heute noch eine Fortsetzung seiner Archivarbeit zu verstatten.

»Ist es wahr, Brigitte, was er gesagt hat,« fragte Ludgarde, während die beiden nun auch hinunter in das Wohnzimmer schritten, »daß alle Frauen auf dieselbe Art empfänden, liebten? Ich meine, ich müßte anders empfinden als andere, mit einem Drang zu geistiger Verschmelzung und seelischem Ineinander-Aufgehen, mit der Voraussetzung eines gleichen Pulsierens aller Adern, wodurch die Gefühle und Gedanken strömen, so sehr, daß ich mich vor einer Liebe fürchtete, die mein eigenes Innere so aufzehrte; und bei einer Verbindung würde ich mich noch mehr fürchten, daß ich so etwas Ideales doch niemals fände.«

Brigitte ließ mit einem sinnenden, weichen Ausdruck ihrer gewöhnlich so unbewegten Züge auf Ludgarde ihr Auge ruhen; dann sagte sie: »Man muß im Leben auch nicht ausgehen, um so völlig ideale Dinge zu suchen; man muß zufrieden sein, wenn man sich etwas Schlichtes, Rechtschaffenes gewinnt und das Ideale nur wie ein schmückender Kranz darum liegt; die Poesie erfüllt nun einmal unser Leben nicht, sie legt höchstens ihre Arabesken umher.«

Ludgarde fand ihre Brigitte höchst komisch mit ihren Arabesken.

»Wie bescheiden du bist!« sagte sie lachend.

»Und du, Kind, bist zu leidenschaftlich, zu überschwenglich, zu stark, viel zu stark für ein Mädchen!« versetzte Brigitte und seufzte. Als aber Ludgarde, die diesen Vorwurf oft gehört hatte, ohne viel mehr darauf zu horchen, bald das Zimmer verließ, sagte sie, ihr mit demselben weichen, sinnenden Ausdruck nachblickend:

»Es ist offenbar, daß sie anders, daß sie bewegter, lebhafter, heiterer geworden, wie um die Hälfte von ihrer Sorgenlast freier! Wenn dieser Mann – dieser Herr Wendt – wenn er die Wendung brächte, die all unsern Jammer endete, wenn er den Bann löste, der auf ihr liegt, ich würde ihn segnen, auch wenn er statt eines Advokaten nur einen Schuster zum Vater hätte!«

V.

Brigittens Beobachtung von Ludgardens verändertem Wesen hatte in der Tat unverkennbar ihren guten Grund; als Max am dritten Tage zurückkam – dem Justizrat hätte er heute vielleicht keine recht befriedigende Antwort geben können, was er denn, nachdem er das ganze Archiv auf seinen Zweck hin durchstöbert und exzerpiert, jetzt noch weiter da finden wolle – kam sie schon in den Vormittagsstunden zu ihm in sein Turmgemach; mit großer Unbefangenheit sagte sie, sie wolle sich heute von ihm doch ein wenig einweihen lassen in seine Entdeckungen; und als er dann von diesen begann, hörte sie doch nur zerstreut zu. Die Unterhaltung beider befand sich auch bald auf einem weit entfernten Gebiete, Ludgarde erzählte von einer Rhein- und Schweizerreise, welche sie mit ihrer kränkelnden Mutter zu deren Stärkung gemacht; sie schilderte die Naturszenerien, welche ihr den lebhaftesten Eindruck hinterlassen; und als Max sie dann fragte, ob solche Szenerien sie nicht gefesselt, nicht den Wunsch in ihr hätten entstehen lassen, einem solchen Erdfleck anzugehören, ein Kind solchen Bodens zu sein, da sich »Hütten zu bauen«, versetzte sie lebhaft:

»Das nie, nie; das wäre doch wie ein Verrat an der Heimat gewesen; solch einen paradiesischen Erdfleck zu lieben, ist das etwas Großes? Der schlichten, dürftigen Scholle mit ihren bescheidenen, am Wegrain unbeachtet verblühenden Blumen, die doch so schön und mannigfaltig sind, mit ihrem stillen einförmigen Leben, das auf Farbengluten und Formengröße gar nicht denkt und doch so viel Herzbewegendes, Rührendes hat, treu bleiben – das ist Treue. Weshalb sehen Sie mich so skeptisch zweifelnd dabei an?« »Wenn ich es sagen dürfte, ohne Sie zu beleidigen ...«

»Sprechen Sie immerhin ...«

»Nun wohl, ich denke daran, daß Sie die Treue stets so hoch stellen, und möchte Ihnen einwerfen, daß die wahre Treue, die schönste, sich nicht auf Heimat, Natur und Wegrainblumen richtet, sondern die gegen uns selbst ist. Würden Sie, wenn Ihr Gefühl, Ihr Herz sich einem stillen Wesen in einer einförmigen Existenz, die so bürgerlich bescheiden wäre wie Ihr biederes, freundliches, aber doch einfaches Tal hier, zuneigte, würden Sie dann auch diesem

Ihren Gefühle, Ihrem Herzen treu zu sein und zu bleiben wissen? Würden Sie da nicht doch sich losreißen und sich sagen: ein hochgebornes Fräulein von Dalhausen-Nyvenheim gehört nicht dahin, sie gehört in irgend ein glänzendes Schweizerparadies der aristokratischen Gesellschaft?«

»Seltsame Frage!« sagte sie, durchaus nicht beleidigt, sondern nur sehr betroffen ihn ansehend. »Das habe ich selber mich nie gefragt, wie wollen Sie, daß ich darauf antworte?«

»O, ich will auch keine Antwort,« entgegnete er, ein wenig gezwungen lachend – »wenn ...«

»Wenn?«

»Wenn ich auch den lebhaften Wunsch hätte, daß Sie einmal so sich fragten.«

»Wozu?« antwortete sie, »wozu sich mit unnützen Gewissensfragen quälen!« Sie wurde dunkelrot dabei und setzte wie begütigend hinzu: »Man müßte eben abwarten, wie unsere Natur sich zeigen und was sie tun würde!«

Dann lenkte sie das Gespräch gewandt ab, indem sie ihn nach seinen Reisen fragte, nach seinem Leben. Max schilderte ihr ein paar Reisen, die er als Student durch Österreich, Oberitalien gemacht habe, sprach lebhaft von seinen Studentenjahren und von seinen Freunden aus jener Zeit, verstummte aber, als Ludgarde auch nach den Seinen fragte, seinen Eltern, seinen Geschwistern daheim; sie machte ihm einen Vorwurf darüber, und er entgegnete: »Wir sind nicht alle so glücklich wie Sie, die Sie mit den Ihren in der edelsten, geistigen Harmonie gelebt haben. Mein Vaterhaus schildere ich Ihnen – vielleicht ein anderes Mal!«

Die beiden jungen Leute waren so in weniger Tage Verlauf sich mit einem Gefühle innerer Sympathie und Gleichartigkeit ihrer Naturen nahe getreten, daß Ludgarde unbewußt sich ihm wie einem Bruder gegenüber gehen ließ, und daß Max, ohne sich darüber viel Rechenschaft zu geben, was er für Ludgardens Angelegenheit leiste, den Tag in ihrer Gesellschaft zubrachte, ganz gefesselt von dem Reize, den diese auf ihn ausübte.

Als er am Abend schied, gab sie ihm die Hand, die er länger als nötig in der seinen hielt, während er fragte: »Darf ich denn wiederkommen, auch wenn ich im Archiv nichts mehr zu suchen habe, um – Ihnen die versprochene Schilderung von meinem Vaterhause zu geben?«

»Gewiß, Versprechen muß man halten!« erwiderte sie leicht errötend.

Damit schied er, um nun am andern Tage doch nicht zurückzukehren. Weder am Morgen noch am Nachmittage.

Es war befremdend, beunruhigend. Und wenn Brigitte ihre Beobachtung noch nicht gemacht hätte, würde sie sie jetzt gemacht haben. Ludgarde war die verrinnenden Stunden des Tages hindurch in einer Aufregung, welche sie unstet machte, bald zu dieser, bald zu jener Arbeit greifen ließ und mit ungewöhnlicher Unruhe bald hierhin, bald dorthin auf ihrem Gute trieb, um sich doch gleich darauf zerstreut vom Begonnenen wieder abzuwenden.

Weshalb kam er nicht? Es war doch nicht recht, nachdem er so förmlich darum gebeten – es war so unzuverlässig, es brachte ihr einen ganz fremden, häßlichen Zug in das Bild seines Charakters, welches sie sich entworfen; sie war ernstlich entrüstet, empört!

»Mein Gott, wer weiß, welchen wichtigen Abhaltungsgrund er haben mag – du bist zu leidenschaftlich, zu heftig, Kind!« würde Brigitte gesagt haben, hätte ihr Ludgarde ihre ganze innere Erregung gestanden.

Am andern Vormittag saß Ludgarde desto stiller, je unsteter bewegt sie gestern gewesen, an dem Fenster des Wohnzimmers, welches den Weg nach der kleinen Stadt beherrschte. Aber auch jetzt verrannen die Stunden, ohne daß Max' stattliche Reitergestalt auf dem sich herabsenkenden Wege aufgetaucht und dem kleinen Edelhofe zu dahergekommen wäre. Es ward Mittag. Brigitte sah besorgt, wie wenig Ludgarde von den Speisen berührte; aber sie zog es vor, ihr darüber keine Vorwürfe zu machen; sie selbst war heute mit des jungen Mannes Betragen unzufrieden – der unglückliche Gedanke quälte sie: vielleicht hat er sich gesagt: »Dies adelige Fräulein steht zu hoch über dir, zu unerreichbar; du darfst dein Herz nicht an sie verlieren, wenn du kein Tor bist, und in ihr Herz keine Unruhe bringen wollen, wenn du kein unredlicher Mensch bist.«

Über diese Sorge brütend, bewegt von allem dem, was sie so gern dem jungen Mann, der ihr den Eindruck so großer Ehrenhaftigkeit machte, hätte sagen mögen und das sie ihm doch so gar nicht sagen konnte, wandelte Brigitte nach Tisch die nach dem Dorfe führende, von Ludgarde für verhängnisvoll erklärte Lindenallee hinab, als ihr eine große, mit langen Schritten sich heranwiegende Frau, die einen geräumigen Korb am Arme trug, entgegenkam.

»Schon zurück, Marianne?« sagte sie, bei ihr stehenbleibend.

»Hatte heut' nicht viel zu schleppen,« versetzte die Frau, welche die Botengänge zwischen dem Dorfe und der kleinen Stadt machte, »und es geht sich gut bei dem Wetter ... schönes Wetter für die Nachsaat, Fräulein.«

»Etwas Neues in der Stadt?«

»Neues? Ich denke Neues genug. Der ganze Gasthof ist voll Offiziere und fremder Herren. Sind vorgestern zur Aushebung der Leute, die zu den Soldaten müssen, gekommen. Und haben auch schon wunderliche Sachen gemacht, haben Streit bekommen, haben sich geschossen, wissen Sie, wie die Leute sagen, und weiß der liebe Gott, was noch alles ...«

»Sich geschossen – die fremden Herren von der Aushebungskommission – sich untereinander?«

»Einer von den Herren mit einem andern, der schon seit einigen Tagen im Gasthof logiert – einem Herrn, der beim Justizrat zu tun hat ...«

»Ich bitte dich, Marianne – und wie ist denn der Ausgang gewesen?« rief Brigitte erschrocken aus.

»Schlimm – schlimm! sagten sie bei Lodtmanns, wo ich meine Unterkunft habe, wissen Sie, Fräulein, und wo sie davon redeten – der Herr, der, wissen Sie, der mit Greving zu tun hat, hat einen bösen Schuß bekommen, einen gefährlichen Schuß, und es sei schade um ihn, sagte Frau Lodtmann, es sei ein so schöner, stattlicher junger Herr gewesen, und besonders zu Pferde, er habe ein Reitpferd bei sich im Gasthof stehen, er habe so schön ausgesehen wie ein rechter Kavalier ...«

Brigitte hatte bei dieser erschreckenden Nachricht, die alles erklärte, schon sich zum Heimeilen gewendet. Erregt trug sie Marianne auf, was sie für Nyvenheim habe, hinzubringen, und ging dann fliegenden Schrittes, Ludgarde mitzuteilen, was sie vernommen. Daß sie wohltue, ihre Nachricht ein wenig gemildert vorzubringen, sagte sie sich dabei gleich; die Nachrichten von Erkrankungen, Verwundungen und Unglücksfällen übertrieben weiterzutragen, war ja stets der Leute menschenfreundlicher Hang.

Sie fand Ludgarde mit geschlossenen Augen im Wohnzimmer auf einem Diwan ruhend, als ob sie habe schlummern wollen, was sonst des tätig bewegten, jungen Mädchens Brauch durchaus nicht war. Als sie ihr hastig erzählt, was sie vernommen, sprang Ludgarde erschrocken auf. Alle Farbe war aus ihrem Gesicht gewichen. Sie schaute weitgeöffneten Auges Brigitte an und schien eine Weile gar kein Wort der Erwiderung auf diese Nachricht zu finden.

Dann sagte sie mit einer lauten Entschiedenheit:

»Deshalb! Gott gebe, daß es nicht so schlimm ist! Aber davon will ich mich selbst überzeugen – Franz soll sogleich den Break anspannen – ich bitte dich, eile, Brigitte, ich gehe, mich zu kleiden.«

»Du willst selbst ...?«

»Gewiß will ich ... sollen wir, wenn er gefährlich verwundet ist, ihn etwa ohne Hilfe lassen? Hier, wo er niemand kennt, niemand hat als den Justizrat, der ihm nichts sein kann – er sowohl wie seine zimperliche, kopflose Frau? Geh, ich bitte dich, den Break, Brigitte – Herr Wendt hat mir helfen wollen – es ist unsere Pflicht, daß wir jetzt ihm helfen, und ich will ihm nicht fehlen!«

»Dann werde ich wenigstens dich begleiten, Kind,« fiel Brigitte ein, die ihre weitere Mißbilligung Ludgardens Heftigkeit gegenüber verschluckte.

»Ach, wozu – das hält mich auf, bis du fertig bist, laß mich immerhin allein gehen – sorg nur, rasch Franz aufzutreiben.«

Damit eilte Ludgarde in ihr Ankleidezimmer und überließ Brigitte, die über all diese Heftigkeit erstaunt ihr nachblickte, für das schnelle Bereitmachen ihres leichten, einspännigen Gefährts zu sorgen.

Ehe eine Viertelstunde vergangen, war Franz mit diesem vorgefahren, hatte Ludgarde sich hineingeschwungen und rollte schon mit dem schärfsten Trabe eines flüchtigen Rosses die Weghöhe, die zur Chaussee führte, hinan.

VI.

Es begann kaum Dämmerung zu werden, als dasselbe Gefährt wieder vor dem Portal des Edelhofes hielt und Ludgarde still und wie ermüdet heraus und die Stufen ins Innere emporstieg. Brigitte kam ihr entgegen – Ludgarde beantwortete ihre eifrigen Fragen mit einem lakonischen:

»Ich werde dir im Wohnzimmer sogleich alles erzählen. Laß mich nur ablegen – nur zu Atem kommen.«

Brigitte ging trippelnd vor Ungeduld im Wohnzimmer auf und ab. Es dauerte so lange, bis Ludgarde aus ihrem Schlafzimmer wieder erschien und dann still sich niederlassend, mit gedämpfter Stimme sagte: »Es ist so, wie du hörtest, Brigitte, er hat sich geschossen, ist verwundet, nicht unbedenklich verwundet – und hat sich geschossen meinetwegen!«

»Deinetwegen, Kind?« rief Brigitte erstaunt aus.

»Meinetwegen! Ich will dir alles der Reihe nach erzählen ...«

»Hast du ihn gesehen, gesprochen?«

»Nein – nicht selbst! Ich fand im Gasthofe in seinem Vorzimmer den Doktor, der mir den Zutritt verwehrte, er habe Wundfieber, ich würde ihn aufregen; er erfreue sich der besten, ausreichendsten Pflege; er, der Doktor, wolle ihm mitteilen, daß ich dagewesen; aber es sei liebenswürdig von mir, daß ich selbst gekommen, nach meinem Ritter zu sehen, sagte er lächelnd und in seiner nach schlechten Scherzen haschenden Manier. Als ich erstaunt wissen wollte, wie er zu dem Ausdrucke ›meinem Ritter‹ komme, kam es heraus: Herr Wendt hatte am vorgestrigen Abend unter den Herren von der Aushebungskommission einen Bekannten, den Adjutanten des Generals, gefunden, sich abends von ihm in den Kreis derselben ziehen lassen; sie hatten von mir zu reden begonnen und darüber waren sie in einen hitzigen Streit geraten – so war es endlich zu einer Forderung und zu einem raschen Austrag der Sache schon am gestrigen Tage, in der frühesten Frühe des Morgens, gekommen. Der Arzt, welcher die Kommission begleitet, hat Wendt sekundiert, dem Adjutanten der Major von der Kommission; sie hatten zweimal

Schüsse gewechselt, beim zweiten Mal hatte eine Kugel Wendt an der rechten Seite, unter dem Brustbein, getroffen, nachdem sie den Oberarm gestreift – sie war gefunden und entfernt worden; wieviel Unheil sie angerichtet, war noch schwer zu sagen – der Doktor will mir morgen, übermorgen Nachricht senden, welche Wendung es nimmt; fürs erste sollte ich seinen Patienten vollständig in Ruhe lassen, bat er brüsk sich aus. Worüber denn eigentlich der Streit entstanden, wie ich die Veranlassung dazu gewesen sein könne, darüber war nichts weiter von ihm zu erfahren; er versicherte mich, es nicht zu wissen, und machte dabei ein so sarkastisches Gesicht, daß ich sah, er log.«

»Sicher wußte er es,« fiel Brigitte lebhaft ein, »wie sollte in der kleinen Stadt solch ein Ereignis nicht gründlich durchgesprochen sein ...«

»Weil ich dies letztere mir ebenfalls sagte,« fuhr Ludgarde fort, »und weil ich wissen *wollte*, wie ich zur unschuldigen Ursache dieses Unglücks habe werden können, entschloß ich mich kurz und ging hinüber zur Justizrätin. Ich wußte, daß die schwatzhafte kleine Frau offener gegen mich sein würde, wenn ich sie nur in das rechte Fahrwasser, in den Strom des Erzählens bringe. Und in der Tat, sie enthielt mir denn auch die Sache nicht vor ...«

»Und was war es?«

»Der fremde Offizier, ein Herr von Derwitz, dessen ich mich aus der Hauptstadt als eines geschwätzigen jungen Menschen erinnere – Zerrwitz nannten ihn die jungen Mädchen – hatte mich ›die verrückte Nyvenheim‹ genannt, hatte behauptet, ich sei geisteskrank, und Wendt ihn so zornig über diese Ausdrücke angefahren ...«

»Das war's!« rief Brigitte erschrocken aus, »und das sagte die Greving dir, das erzählte sie dir?«

»Ich bitte dich, Brigitte, weshalb sollte sie nicht? Sollte ich es *nicht* erfahren und mir noch Ärgeres denken, ergrübeln? Und glaubst du, es hätte mich so sehr erschreckt? Denkst du, ich wüßte nicht längst, daß man mich für eine verrückte Person hält? Etwas muß man doch den Leuten nachsagen, und weiß man gar nichts anderes, so bleibt immer dies. Und du glaubst, so etwas erführe man nicht? Wozu sind die guten Freunde da, geschwätzige Näherinnen, plappernde

Kinder ...? Ich weiß längst, daß ich auf einige Meilen in der Runde für eine Gestörte gelte, weil ich einsam hier wohne und andere Interessen habe, als andere junge Mädchen. Daß es jedoch dieser Mensch, der aus der Residenz kommt, ausgesprochen hat, macht mich betroffen.«

»Vielleicht hatte er es irgendwo hier in der Nachbarschaft aufgefangen, diese unsägliche Albernheit,« sagte seufzend und die Hände resigniert in ihren Schoß legend, Brigitte.

»Möglich! Und was liegt am Ende daran? Das Schreckliche ist mir, daß um solcher Nachrede willen, solch verächtlicher, leichtsinniger Behauptung eines übelberatenen jungen Menschen willen, Herr Wendt nun daniederliegen muß, schwer verwundet, in einem sein Leben gefährdenden Zustande!«

»Er ist ein so starker, junger Mann, es wird sein Leben gewiß nicht gefährdet sein. Du weißt, wie unser Doktor die Sachen aufbläst,« tröstete Brigitte.

»Es ist aber doch ganz schrecklich für mich, mir sagen zu müssen ...«

»Daß du absolut unschuldig bist? Und daß – daß es von Herrn Wendt sehr edel, sehr ritterlich gehandelt war? Freilich,« setzte Brigitte, ihre Augen wie prüfend und forschend auf Ludgarde heftend, hinzu, »freilich, du bekommst eine Dankesschuld gegen ihn, die ...«

»O, die mich nicht drückt, Brigitte, die mich wahrlich nicht drückt. Ich frage mich selbst, wie es kommt, daß mir dies auch nicht an der Sache schrecklich ist; ich weiß es nicht, aber es ist so, ich werfe es mir selbst vor und auch, daß in dem ganzen Ereignis etwas liegt, das ... o nein, nein, das nicht, es ist zu schlecht von mir, das ...«

»Was wolltest du sagen?« drängte Brigitte.

»Nichts, nichts, nein, es ist zu schlecht von mir!«

Brigitte drängte nicht weiter. Sie war klug genug, Ludgarde ohnehin zu verstehen. Es lag in dem ganzen Ereignis etwas, das Ludgarde erfreute, ihr Herz mit Jubel erfüllte. Sie ahnte daraus, daß der junge Mann, der ihr Ritter geworden, sie liebe!

Und so war es. Ludgardens Herz war gefangen und gab sich jetzt, wo sie glaubte lieben zu dürfen, mit seiner vollen, leidenschaftlichen Kraft dahin. All ihr Denken war bei dem armen Verwundeten. Sie lebte von heute an nur noch in der Erwartung des nächsten Tages, der Stunde, welche die Post brachte, mit einer Postkarte des Doktors, worauf dieser mit seiner kritzeligen Hand in Bleistiftschrift die lakonischen Worte: »Es geht leidlich« – »ordentlich« – »recht befriedigend«, geschrieben hatte. Und dabei ging ein wunderlicher Wandel in ihrer Seele vor. Die furchtbare Entschlossenheit, welche in ihr gelegen, ihr Vaterhaus zu verteidigen bis aufs äußerste, verlor von ihrer Stärke; das Schicksal hing wenigstens nicht mehr so beklemmend, drohend über ihr; es war wie eine große Angst vor einem vernichtenden Schlage von ihrer Seele genommen. Hatte sie sich dies zum Bewußtsein gebracht, sie hätte es sich vielleicht bitter als Untreue an sich selber, an allem, wofür sie bisher gelebt, vorgeworfen; aber sie kam in einem eigentümlichen, frohen Empfinden und träumerischen Vorempfinden von Glück nicht dazu, solch eine Gewissenserforschung vorzunehmen. Zugleich beschlich sie eine anfangs leise, aber wachsende Unzufriedenheit mit der völligen Vereinsamung, in der sie lebte. Mit ihrem vollen Herzen hätte sie Menschen, junge, von Lebensfrische erfüllte Menschen um sich haben mögen, um ein freudiges, inneres Aufleben, ein sich aufschwingendes Herzenserwachen kundzutun. Es war eben wie ein finsterer Bann von ihr genommen, ein Siegel von ihrer Seele gelöst; es war ihr wirklich in Momenten zumute, als sei sie früher eine trübselige, gestörte Person gewesen. Und um so mehr klammerte sich ihr Herzensleben an den festen, ruhigen, klar denkenden und starken Mann, dem sie sich für immer und ewig zu eigen fühlte.

So gingen die Tage dahin; die Bulletins des Doktors waren gleichmäßig befriedigend gewesen; auf das letzte hin hatte Ludgarde bereits geantwortet, sie werde sich nun nicht mehr abhalten lassen, selbst zu kommen, um Max Wendt zu sehen und ihm zu danken, und herzklopfend dachte sie an den folgenden Tag, an welchem sie zu der kleinen Stadt hinausfahren wollte. Brigitte sah mit einem schlau zufriedenen Lächeln, wie sie in ihrem Garderobezimmer vor einem geöffneten Kleiderschranke stand und ihren Vorrat an Anzügen musterte.

»Dieser Herr Max Wendt, dieser Herr Referendarius,« sagte sich Brigitte zufrieden, »er zieht sich doch ein glänzendes Los aus der Lebenslotterie! Ist ihm an der Wiege wohl nicht gesungen! Und wenn er nun gar noch Nyvenheim uns aus den Krallen des alten Hasberg rettet, in der Tat, man könnte ihm gratulieren! Und das täte ich aus Herzensgrunde!«

Spät noch, als fast die Dämmerung schon nahte, ging Ludgarde noch aus, über die Brücke, aber nicht der Lindenallee nach, sondern links ab in den kleinen Eichenwald. Sie blieb lange; tiefe, dunkle Schatten legten sich bereits über das Tal und ließen im Wohnzimmer Brigitten die Lampe entzünden, als sie endlich zurück und raschen, elastischen Schrittes die Treppe heraufkam. Sie trug zwei volle, dichtlaubige Eichenkränze in der Hand.

»Wozu, Kind?« fragte Brigitte ganz überrascht – »doch nicht für ...«

»Nicht für ...? Was meinst du?« antwortete sie lächelnd. »Nein, für diese!«

Damit hob sie sich auf einen Stuhl, und hing den einen Kranz um ihres Vaters Bild, und sodann den zweiten um das ihres Bruders. Was sie gerade heute dazu trieb – Brigitte las genug in ihrer Seele, um auch das zu verstehen.

VII.

Der Morgen war schön und klar herangebrochen, aber ein kühler, starker Wind strich durchs Tal und jagte Scharen vergilbender Blätter um das Gebäude, und durch die geöffneten Fenster im Wohnzimmer stieß er die weit sich aufblähenden Vorhänge ins Innere hinein.

»Du mußt dein warmes Tuch mitnehmen und über den Mantel anlegen, Ludgarde,« sagte Brigitte vorsorglich, während sie ging, die Fenster zu schließen.

»Gewiß, gewiß,« entgegnete Ludgarde ungeduldig; »hole es nur herbei, ich will sehen, wo Franz mit dem Break bleibt. Was hast du?«

»Ich sehe da einen Menschen sehr eilig den Pfad von der Höhe niederkommen, auf die Brücke zu – als ob er zu uns wolle.«

»Mag er,« versetzte Ludgarde sorglos und ging hinaus in den Flur, um nach dem säumigen Franz zu schauen. Als sie auf den Perron vor dem Portal hinaustrat, blieb sie aber doch betroffen stehen. Sie erkannte in dem Mann, der jetzt schon von der Brücke her auf sie zukam, eine bekannte Gestalt, einen Menschen, der halb Schreiber, halb Ausläufer des Justizrats war, und ihr schon öfter Mitteilungen von diesem gebracht hatte.

»Was habt Ihr denn, Wessel, daß Ihr so eilig dahergestelzt kommt?« rief sie ihm entgegen.

Der Mann griff in seine Brusttasche und holte einen Brief heraus.

»Vom Herrn Justizrat,« versetzte Wessel, den Brief überreichend. »Der Herr Justizrat sagte, er könne selbst nicht kommen, weil er Termin habe heut' morgen, und dürfe auch mit diesem Briefe nicht warten, bis heut' abend die Post gehe; ich solle ihn gleich zu Ihnen hinaustragen.«

»So geht in die Küche und laßt Euch da einen Trunk geben,« erwiderte Ludgarde und erbrach, während er ging, den Brief.

Sie las die ersten Zeilen, und dann begann furchtbar ihre Hand zu zittern, ihr Atem zu fliegen; die Augen, die den weiteren Inhalt überflogen, erweiterten sich, ihre linke Hand streckte sich nach der Einfassung der Portaltür aus, um sich daran zu stützen und aufrecht zu halten, und totenbleich wandte sie sich endlich, um mit brechenden Knien schwankend zu Brigitte zurückzukehren.

»Um Gottes willen, was hast du, Ludgarde, was ist geschehen?« rief diese bei ihrem Anblick aus.

Sie streckte ihr den Brief hin und ließ sich lautlos in einen Sessel sinken. Brigitte verschlang mit den Augen den Brief. Er lautete:

»Verehrtes Gnädiges – was ich Ihnen zu melden habe, ist um an der Welt zu verzweifeln, um hinter jedem ehrlichen Gesicht eine Canaillennatur zu suchen; der Mensch, der sich Max Wendt nannte, der sich mit einer Empfehlung von einem befreundeten Kollegen bei mir einführte, ist – ein ganz infamer Lügner, Schleicher und Kujon – wissen Sie, wer er ist? Niemand anders als Ihr Prozeßgegner, niemand anders als der Feind, der Ihnen Nyvenheim rauben will, niemand anders als Herr Max von Dalhausen-Hasberg! Gestern abend schon ist mir die Sache zu Ohren gekommen; heut' in der frühesten Frühe hat der Doktor mir alles genau bestätigt. In der Dämmerung gestern ist eine Extrapost vor unserm Gasthof vorgefahren; ein starker, breitschulteriger, herrisch auftretender alter Herr, dem man den Major a. D. auf eine halbe Stunde weit angesehen, ist daraus gestiegen, einen kleineren mit einer kahlen Glatze und einer goldenen Brille hinter sich, und zu dritt ein langer Lakai; die Herren haben sofort zu dem Verwundeten geführt zu werden verlangt; nach einer Viertelstunde ist unser Doktor hingekommen, und da ist denn die Bombe geplatzt: ›Mein lieber Herr Doktor,‹ hatte der Alte gesagt, ›ich danke Ihnen für die bisherige Behandlung meines Sohnes – ich bin der Freiherr von Dalhausen-Hasberg. Mein Sohn, der hier eine Angelegenheit zu betreiben hatte, hat dies unter einem fremden Namen zu tun vorgezogen; aber das ist nun weiter nicht nötig, und ich habe die Ungeduld bekommen, weil die Heilung sich so lange hinzieht. Der Medizinalrat hier – Herr Medizinalrat Friedrichs – hat den Zustand meines Sohnes untersucht und glaubt auch, es ist am besten, ich nehme ihn mit mir in die Stadt, in mein Haus, wo er eine ganz andere Pflege hat. Sie sind einverstanden, Doktor, daß die Reise ihm nicht mehr schadet?'

Einverstanden – wie hätte unser Doktor nicht einverstanden sein sollen, einem solchen Herrn gegenüber! Einem Herrn Medizinalrat mit einer so gelehrten Glatze und einer so großen goldenen Brille gegenüber, hinter der er eine kollegialisch warme Bereitwilligkeit, ihn für einen beklagenswerten Pfuscher zu erklären, vermuten konnte! Natürlich ist er einverstanden gewesen, hat dem Alten eine formidable Rechnung gemacht und – nun, das ist die ganze Geschichte. Sie sind diesen Morgen in der Frühe von hier abkutschiert. Se. Gestrengen Gnaden der Herr Freiherr, Ihre Wohlgelahrtheit die goldene Brille, Se. Pfiffigkeit der Herr Sohn und Se. Stupidität der Herr Lakai. Hol' sie dieser und jener! Herr Max Wendt hat also nichts hier wollen, als sich einschleichen ins Herz der feindlichen Festung, ihr Archiv sich öffnen lassen, sich in Besitz allen nötigen Materials setzen, um unsere Behauptungen, alles und jedes, was wir in der nächsten Instanz vorbringen können, zurückzuschlagen – ist solch eine niederträchtige Perfidie je erhört? Ich hoffe, Sie kommen den Nachmittag heraus, damit wir weiteres besprechen. Urkunden Ihres Archivs in seine Tasche gleiten lassen wird er nicht gewagt haben. Aber sehen Sie nach! In Eile Ihr ergebenster Greving.«

Das war des Justizrats Brief. Brigitte legte ihn auf den Tisch, faltete die Hände, sah stumm auf Ludgarde, die wie ein starres Jammerbild dasaß, und sagte endlich:

»Etwas Schrecklicheres ist doch nicht erhört worden!«

»Nein!« stieß Ludgarde heftig hervor. »Etwas Schrecklicheres nicht!«

Und nun atmete sie lange heftig auf und, erhob die Hände, als ob sie etwas tun, etwas Gewaltsames vornehmen, etwas zerbrechen wolle, und sank dann mit einem herzbrechenden Klageschrei, mit einem »O mein Gott!« wie vernichtet in ihren Sessel zurück.

Brigitte kniete geängstet neben ihr, und ergriff ihre herabhängende Hand und drückte sie mit ihren beiden: sie legte leis und stumm ihre Wange darauf, als ob sie so Ludgardens inneren Sturm beschwichtigen könne.

»Wir sind ein Paar arme, unbeschützte Frauen,« flüsterte in der Tat, wie gefaßter, nach einer Weile Ludgarde, als sie ihre Hand naß werden fühlte von dem Weinen der guten Brigitte. »Wir müssen es hinnehmen, es uns gefallen lassen.«

»Wenn doch nur dein Bruder Hugo noch lebte!«

Ludgarde antwortete darauf nicht. Sie starrte vor sich hin, sie sprach lange, lange Zeit keine Silbe mehr. Brigitten wurde ganz ängstlich dabei zumute; sie begann trösten zu wollen.

»Es ist schrecklich, solche Täuschung zu erfahren!« sagte sie. »Schrecklich, daß es solche Schlechtigkeit in der Welt gibt! Aber wir müssen es verwinden. Es muß doch gut um den Prozeß stehen. Die Hasbergs müssen sich doch sehr schwach fühlen, wenn sie zu solchen Mitteln greifen!«

Der Gedanke machte auf Ludgarde keinen Eindruck; sie schien gar nicht auf Brigitte zu hören. Sie starrte fortwährend wie ganz abwesend die Fensterecke vor ihr an. Jene zog ihr Tuch hervor und fuhr damit zu den Augen. Im Zimmer wurde es still, lautlos, daß man die Wanduhr ticken hörte. Draußen flogen, vom stärker werdenden Winde geworfen, die gelben Blätter an die Scheiben.

»Es könnte einem das Leben verleiden in solch einer Welt!« flüsterte endlich Brigitte vor sich hin – »dieser Mensch ein Schurke! Er sah aus wie das redliche Wollen selber – so bescheiden ruhig wie das gute Gewissen. Freilich, wenn der den Lügner spielen will – ihm muß es gelingen, die Menschen zu hintergehen! O, welche Welt ist dies! Daß solche Verdorbenheit uns armen Weibern bis hierher, in diese stille Abgeschiedenheit nachgeschlichen kommen muß – das Leben könnte es einem verleiden!«

Ludgarde antwortete auf das alles nicht.

»Wunderlich auch, daß der alte Hasberg so gar keine Rücksicht auf seinen Sohn genommen, und dem Doktor so brüsk herausgesagt hat, wer er ist – er hätte seines Sohnes schlechtes Benehmen – alle Leute werden doch sagen, daß er ein ganz gemeinschlechter Mensch ist – nicht so öffentlich machen, ihm nicht hier gleich die Maske abzureißen brauchen!«

Ludgarde antwortete auch darauf nicht. Erst als Brigitte nun fortfuhr: »Du wirst nun wohl bald hinüberfahren zu Greving,« antwortete sie mit bitterem Ton:

»Wozu?«

»Wir müssen doch das Nähere hören; auch mußt du hören, was nun zu tun ist, was Greving für Mittel hat, um dich zu schützen ...«

»Wozu das alles! Wozu?« antwortete Ludgarde nur, stand tief aufseufzend auf, und nachdem sie einige Schritte durch das Zimmer gemacht, ging sie hinaus, als ob sie allein mit sich sein wolle.

Sie ging zum Hause hinaus ins Freie, über die Brücke; Brigitte sah geängstigt, wie sie den Weg zum Walde, den sie am gestrigen Abend gemacht hatte, einschlug.

»Gott nehme das arme Kind in seinen Schutz!« lispelte Brigitte vor sich hin, die Hände faltend, gebrochen in allem Lebensmut.

In ihrem Lebensmut völlig gebrochen war auch Ludgarde. Es ist ein furchtbar verhängnisvoller Augenblick, in welchem ein reines, stark empfindendes Gemüt zum erstenmal in seinem Leben auf das Schlechte, Böse stößt, und dies ihm entgegentritt in Menschen, die es hochgehalten, geliebt hat. Es ist ein Niederstürzen von lichten, sonnigen Höhen in eine schmutzige Tiefe. Und mit ihm tritt eine moralische Verfinsterung des Lebens ein, wie die Welt nur noch fahle, unheimliche Farben zeigt, wenn die Sonne sich verfinstert.

Ludgarde hatte diesen Eindruck im stärksten Maße. Das Schlechte forderte sie nicht zum zornigen Widerstande, zum Kampf heraus; es zeigte ihr die Welt in einem Lichte, wo Kämpfen, Widerstand sich nicht der Mühe lohnte. »Wozu?« hatte sie Brigitte geantwortet, und dies Wozu? ward jetzt das Echo ihrer Seele auf jede Stimme, die in ihr laut wurde. Verloren war ja doch nun einmal für sie alles: ihr Herz an einen schlechten Menschen, ihre Glückshoffnung, ihr Zukunftstraum! Sollte sie etwa ihres Gutes willen noch leben? Auch das war sicherlich verloren! Wenn er solche Mittel gebrauchte! Wie war es dawider zu retten?

Nach und nach versank sie in etwas wie einen traumhaften Zustand; die Heftigkeit ihres Empfindens milderte sich in eine gewisse moralische Erstarrung. Die Stunden verflogen ihr, ohne daß sie sich dessen bewußt wurde, und wäre Brigitte mit ihren Mahnungen nicht gewesen, sie hätte nicht Nahrung zu sich genommen, sich nicht zur Ruhe gelegt, und wohl auch kein Wort geredet, den langen Tag hindurch.

So verging der erste, vergingen die nächsten Tage.

Und dann, allmählich erwachend aus ihrem Zustande, worin ihre Gedanken so kurz waren, wie der Atem eines Schmerzgequälten kurz ist, erschrak Ludgarde innerlich über sich selber.

Sie erschrak darüber, daß sie keinen Haß, keinen energischen Zorn empfinde wider das, was ihr angetan worden, daß es ihr eine unangenehme, ihren Widerspruch herausfordernde Ausdrucksweise war, welche Brigitte hatte, wenn sie von Max Hasberg und seinem Benehmen sprach. Dies ging so weit, daß sie ihr endlich heftig erwiderte:

»Nun, was hat er denn getan? Du weißt doch, daß er verlobt ist, daß seine Verbindung abhängt von seinem Besitz von Nyvenheim. Vielleicht hat die Braut, die er liebt, ihm geraten und ist in ihn gedrungen, solch ein Mittel nicht zu scheuen, um besser dem Widerstande einer gestörten Person, wie ich bin« – Ludgarde sprach das mit unendlicher Bitterkeit – »ein Ende zu machen.«

Brigitte war starr über diese Verteidigung; sie verstummte ihr gegenüber, um Ludgarde nicht durch Widerspruch zu reizen.

Und doch war es eine verhängnisvolle Gedankenreihe, der sich damit das junge Mädchen hingab.

Sie entschuldigte Max, sie nahm ihn in ihren Gedanken in Schutz; sie grübelte über allem dem, was ihn rechtfertigen könne; und dann, als sie sich plötzlich bewußt wurde und aussprach, wie leidenschaftlich sie das tue, war ihr, als ob sie auf eine Schlange getreten. War es nicht etwas ganz Unerhörtes, Wahnsinniges, daß sie noch an ihm mit all ihren Gedanken hing; daß sie ihn nicht mit tiefster Verachtung von sich stoßen konnte? Sein Bild stand ewig noch vor ihren Sinnen. Es war schrecklich! Sie wollte nicht mehr an ihn denken. Sie wollte ihn verachten! Es war töricht, nein, jämmerlich, es war unsäglich charakterlos und erbärmlich, sich noch um einen Mann zu kümmern, der so gehandelt hatte! Hatte jemals ein Frauenherz so empfunden? Wo war ihre Vernunft? Wo war alles Rechtsgefühl in ihr? Wo war all ihr Stolz? Es war empörend – es war, um sich selbst aufs tiefste zu verachten. Sie kämpfte mit sich einen harten Kampf; sie klammerte sich an alle Gründe, welche die Vernunft ihr geben konnte, ihr Herz von diesem Manne loszureißen, der ihr für ihr Leben nichts, gar nichts mehr sein konnte. Aber sie unterlag in diesem Kampfe; das Bewußtsein ließ sich nicht austilgen, daß sie ihn nie in ihrem Leben vergessen, nie von seinem Bilde frei werden könne.

Und nun brachte diese Sklaverei des Herzens, die das rätselhafte Phänomen der großen Leidenschaft ist, eine furchtbar bittere Stunde über sie. Mit dem Geständnis, daß alle Klarheit der Vernunft, alles, was der Verstand ihr sagte, keine Macht über ihr Fühlen, Empfinden und ihr innerstes Denken habe, kam ihr der Gedanke, daß sie in der Tat eine Gestörte sei.

Dieser Gedanke kam ihr an einem Tage, wo sie in den Nachmittagstunden, von Brigitte daran gemahnt, sich aufgemacht hatte, um eine kranke, alte Frau zu besuchen, die in einer Hütte ganz am andern Ende des Dorfes wohnte und die gewohnt war, Ludgarde von Zeit zu Zeit erscheinen zu sehen, um ihr allerlei Stärkungsmittel und ihren Zuspruch zu bringen.

Es war wiederum ein trüber, sehr stürmischer Tag. Ludgarde schritt durch die Lindenallee, mit dem Winde kämpfend, eng in ihr Tuch gehüllt, dahin und schritt und schritt, ohne die ersten Häuser des Dorfes zu erreichen. Aber sie dachte nicht an diese Häuser, nicht an das Dorf. Unbewußt auch blieb es ihr, daß sie nach einer Weile nicht mehr mit dem Winde zu kämpfen hatte, sondern dieser sie wie mit seinen Schwingen vorwärts trug. So ging sie weiter und weiter in den immer mehr ergrauenden Tag hinein. Am Ende stand sie still, zu einem Gemäuer aufblickend, das rechts von ihr dicht am Wege sich erhob – eine Krähe, die laut schreiend vom Dach des kleinen alten Bauwerkes niederschoß und dicht vor ihr vorüberflog, hatte sie aus ihren brütenden Gedanken aufgeschreckt.

»Die alte Siechenhauskapelle!« sagte sie sich, das verfallende Gemäuer anstarrend. »Wolltest du denn hierher – zu dieser Kapelle? Du wolltest – ja richtig, du wolltest zur kranken Else – und nun bist du hier? Auf dem ganz entgegengesetzten Wege! Mein Gott – wie schrecklich ist das! Du weißt nicht mehr, was du tust. Dein Verstand ist dahin – du bist nicht mehr Herrin deiner Gedanken – du bist auf dem Wege zum Wahnsinn ... ja, du bist es, die Menschen, die es dir nachgesagt – o die Menschen haben recht!«

Gewiß und ohne Zweifel, was die Menschen ihr nachgeredet, es war wahr. Sie war nicht klug mit ihrer Liebe für einen Unwürdigen. Sie wäre ja auch verächtlich gewesen, wenn es nicht so war. So aber stand sie unter einem furchtbaren Schicksal – sie war eine Wahnsinnige. Sie ging einer schaurigen Zukunft entgegen. Ihr Wahnsinn – wächst nicht der Wahnsinn, von einer fixen Idee beginnend, immer höher und höher bis zur Vernichtung alles dessen, was noch menschlich in uns ist? – ihr Wahnsinn mußte sich auch bald ihrer Umgebung enthüllen; mußte sich entwickeln, mußte sie – o Gott, in welche Zustände, in welches Elend führen!

Es war ein grauenhafter Kampf, in welchem Ludgarde mit solchen Gedanken rang – und, wie gesagt, unterlag. Sie versank in einen Zustand, worin die Kraft zu kämpfen ihr schwand, wie der Wille und der Mut zu kämpfen. Wozu auch – ihre junge Seele bedurfte der Liebe, dürstete nach Liebe. Wie ein warmer Himmelshauch hatte es sie einmal angeweht; eine innere Seligkeit hatte mit leisem Wellenschlag ihr Herz durchflutet – wenige Stunden hindurch – und nun war es zu Ende. Niemand auf Erden liebte sie; niemand konnte sie lieben. Sie mußte ein Schrecken für die Menschen werden. Denn sie war ja, was diese sie nannten – wahnsinnig! Nicht ein großer, phantastischer, dichterischer Wahngedanke, vor dem man Ehrfurcht haben kann, der Wahnsinn eines Lear, eines Menschen, der einen Gott in sich fühlt, war es, der sie über die Realität und die festen Schranken der Dinge hinwegtrug, in eine Region glücklicher Illusionen und Einbildungen. Nein, es war ein jämmerlicher, verächtlicher, demütigender Liebeswahnsinn, der sie an die Gestalt eines Unwürdigen festbannte, der sie taub für die Gründe der Vernunft, taub für die Stimme ihres Mädchenstolzes machte und sich wegwerfen ließ mit allem Besten ihrer Seele!

Hätte Ludgarde in den Tagen, worin sie so mit sich haderte, eine Menschenseele, sich ihr anzuvertrauen, gehabt, vielleicht hätte alles eine andere Wendung bekommen. Aber sie war ja auch gewohnt, so vieles allein durchzukämpfen. Und jetzt schloß ihr vollends, selbst ihrer treuen Brigitte gegenüber, die Schrecklichkeit dessen, was in ihr vorging, den Mund. So konnte ihr kein tröstendes Wort, das ihr von der Allgemeinheit eines solchen bösen Zaubers, dem jede Leidenschaft in einer tiefgründigen Natur unterliegt, gesprochen, Öl auf die Wogen ihrer Seele gießen – und Ludgarde blieb sich und ihren verhängnisvollen Entschlüssen allein überlassen.

Ludgarde wollte nicht weiter leben. Wozu? Um länger Qualen der Eifersucht gegen – seine Braut zu empfinden? Es war zu unwürdig. Um den Menschen – und auch ihm ein Schrecken, ein Bild, das nur Abscheu hervorrief, zu werden? Es war am besten, sie endete. Damit rächte sie sich ja auch an ihm, und tat ihm wohl zu gleicher Zeit. Sie endete damit allen Streit: er konnte sein junges Weib, die Bankierstochter, er konnte sie heimführen.

VIII.

Es war ein grauer, wolkenverhangener Tag des Herbstes; um Haus Nyvenheim herum lagen überall auf den Pfaden und den Rasenstücken wie ein gelber Teppich die dürren Blätter; denn der Gärtner hatte aufgegeben, täglich wider sie anzukämpfen. Die Natur schien halbwach zu träumen und darüber, daß es doch eigentlich Tag sei, sich gar nicht bewußt zu werden. Nur gegen den Abend hin lebte im Westen ein dunkles Rot auf, das intensiver und flammender wurde, und einen schwachen Lichtreflex auf die feuchten Dächer warf, und auf die graue Wasserfläche, in welche der Turm von Haus Nyvenheim seinen Fuß stellte. Man hätte sogar ein schwaches Spiegelbild der alten Quadermauern im Gewässer wahrnehmen können.

Fräulein Brigitte saß im Wohnzimmer allein; sie harrte auf Ludgardens Heimkehr aus den Anlagen, wohin sie dieselbe gehen sah. Schwer von Gedanken bedrängt, war die gute Brigitte unschlüssig, was sie beginnen, ob sie nicht einmal den Doktor aus der Stadt herausbescheiden solle, um ihm Ludgardens Stiller- und Stiller-, Bleicher- und Bleicherwerden zu klagen, wenn sie nur zu diesem Doktor ein klein wenig mehr Zutrauen gehabt hätte. Aber etwas mußte nun doch geschehen, es schien ja wirklich, als ob sonst über der herzerschütternden Geschichte Ludgarde den Verstand verlieren werde; etwas, eine kleine zerstreuende Reise, eine ... Da hörte sie plötzlich auf dem Hofe, zu den Fenstern hinauf, einen erschreckenden Ruf, der sie auffahren ließ. »Fräulein, Fräulein, um Gottes willen, Fräulein!« rief es wie angsterfüllt. Es war die Stimme von Franz, dem Pferdeknecht.

Brigitte sprang zum Fenster, riß es auf, aber sie sah niemand. Nur ein gesatteltes, fremdes Pferd ohne Reiter sah sie aufsichtslos umhergehen; war ein Reiter zu Unglück gekommen?

Brigitte eilte hinaus, in den Flur hinab; einen Augenblick stand sie hier, unschlüssig, wohin sich wenden; da sah sie durch die offenstehende Hintertür zwei Männer, die auf ihren Armen eine weibliche Gestalt trugen – eine triefend nasse, wie entseelte, weibliche Gestalt – Ludgarde!

Brigitte stieß einen Jammerschrei aus; sie brach unter dem fürchterlichen Anblick wie vernichtet zusammen.

»Nur rasch, helfen Sie ihr in ein wärmendes Bett,« rief einer der beiden Männer Brigitten zu; aber die Stimme dieses Mannes gab Brigitten nur um so weniger ihre Fähigkeit, sich zu rühren und zuzugreifen, wieder: es war die Stimme Max Wendts, Max Hasbergs! Franz jedoch, der andere der beiden Männer, gab die Richtung an, Mägde kamen herbei: so hatten sie bald Ludgarde auf ihr Bett gelegt, um sie fürs erste nun der nachwankend gekommenen Brigitte zu überlassen.

»Sie lebt! sie wird gerettet werden, wenn Sie nur rasch sie warm betten, ihr warme Getränke einflößen,« rief Hasberg Brigitten zu. Er selber, sah sie jetzt erst, war triefend naß wie durch Wasser gezogen. »Und dann,« fuhr er fort, »muß einer sofort zum Arzt, mein Pferd steht gesattelt im Hofe, nur fort!«

Franz übernahm das in Hast und stürzte davon. Max verließ das Zimmer, um Brigittens Tätigkeit nicht zu hemmen; er schritt, seiner kaum mächtig vor Aufregung, ins Wohnzimmer und hin und her, bis eine der Mägde hereinkam und ihn mahnte, an der Herdflamme der Küche seine Kleider zu trocknen. Während er dann hier stand, in eine Dampfwolke gehüllt, die von der unteren Hälfte seiner Gestalt ausging, beobachtete ihn scheu und ängstlich, nur unterdrückt miteinander flüsternd, das Dienstvolk; alle hatte das ihnen rätselhafte Ereignis mit Schrecken erfüllt.

Es mochte eine halbe Stunde nach diesem verflossen sein, als Brigitte in die Küche herab zu ihm kam.

Noch zitternd an allen Gliedern sagte sie: »Dem Himmel sei gedankt, es steht ganz wohl; sie weiß, daß Sie ihr Retter sind, sie will leben, sie glaubt des Arztes nicht zu bedürfen, aber nun bitte ich Sie ...«

»Sie wollen eine Erklärung, wie ich hierher komme, gerade in diesem Augenblicke?« unterbrach sie Max – sie nahm jetzt wahr, wie bleich und angegriffen er aussah – »kommen Sie, im Wohnzimmer will ich sie Ihnen geben.«

Als sie mit ihm hinaufgegangen, eine Dienerin Licht gebracht hatte, und er nun mit der weißen Hand über sein bleiches, edles Gesicht fuhr, fühlte sie allen Rest von Groll und Verachtung schwinden. Die Überzeugung von irgend einem großen Irrtum kam über sie, und ihr erster Gedanke war nun nicht mehr der an die Enthüllung, welche sie erwartete, sondern die Pflege, die auch ihm so bitter not zu tun schien. Sie eilte wieder fort, um ihm kräftigen Wein bringen und heißen Tee bereiten zu lassen; erst als sie sich durch diese Tätigkeit beruhigt, und er sogleich dem Weine zugesprochen hatte, setzte sie sich wieder, und er erzählte nun:

»Ich war eben auf dem Wege hierher; meine Verwundung war geheilt, so weit geheilt, daß ich mit meinem Vater mich auseinandersetzen und nun die Reise hierher unternehmen konnte. Ich ritt sorglos, glücklich, Ludgarde, wiederzusehen, den mir bekannten Weg von der Höhe nieder; mein Pferd betrat beinahe die Brücke, als ich links vom Gebäude, hinter demselben, da, wo die Anlagen hinter dem vom Wasser bespülten Turm in einem weitgedehnten Bogen in den Weiher vortreten, eine dunkle Gestalt aus dem Gebüsch hervortreten und sich dicht dem Wasserspiegel nähern, hart am Rande stehen bleiben sehe. Ich glaube Ludgarde zu erkennen; erschrocken sehe ich, wie sie beide Arme erhebt, sich vorwärts bewegt – eine grauenhafte Ahnung ergreift mich – ich sporne mein Pferd, und mit einigen Sätzen trägt es mich vor die Portaltür, die gottlob geöffnet steht, dann renne ich durch den Flur, in die Anlagen, schreie Franz an, den ich von den Ställen daherkommen sehe, eile weiter, und der liebe Gott hat mich eben früh genug kommen lassen; sie rang noch mit den Armen wider das Versinken; ich konnte nach wenigen Schritten in das kalte Element hinein sie erfassen, heraustragen. Franz, der, als er mich mit der Last daherkommend erblickte, zuerst gelaufen war, Sie herbeizuholen, war gleich darauf an meiner Seite wieder, mir zu helfen, und nun wissen Sie den Hergang.«

Brigitte faltete die Hände mit einem leisen Stoßgebet.

»Und so danken wir Ihnen wenigstens ihre Rettung,« sagte sie – »Ihnen ...«

»Danken Sie mir widerwillig? Sie sprechen das ›Ihnen‹ so aus.«

»Nun, mein Gott, das könnte Sie nicht erstaunen, nachdem Sie so an uns gehandelt!« Und Brigitte begann nun ihm alles zu sagen, ihm alles vorzuwerfen, was die Frauen von ihm vernommen, was durch ihn Ludgarde gelitten.

Max hörte ihr mit wachsendem Staunen zu. Er geriet außer sich bei dieser Erzählung. »Das, das hat Ludgarde von mir geglaubt? Und darüber ist sie verzweifelt? Das hat sie getrieben, den Tod zu suchen? O mein Gott, laß den Augenblick bald schlagen, wo sie gefaßt, gekräftigt genug ist, alles und jedes von mir aufgeklärt zu hören!«

Er sprach nicht mehr. Er begann heftig, fast zornig auf und nieder zu schreiten. Brigitte hörte kein Wort weiterer Erklärung von ihm. Sie mußte sich bescheiden, später alles durch Ludgarde zu erfahren; aber so wenig sie sich bewußt war, bei all diesem Erschütternden ihren Verstand auf der alten Stelle zu haben, begriff sie doch, wenn sie Max, der endlich ganz bleich und kraftgebrochen in eine Sofa-ecke gesunken war, wenn sie diese jetzt wie vergeistigten, matt von der Lampe beleuchteten Züge nur ansah, daß ihm ein bitteres Unrecht geschehen sein müsse.

IX.

In derselben Sofaecke, in welcher Max am gestrigen Abend brütend gesessen und die Stunden verträumt, nur von Zeit zu Zeit durch das Erscheinen Brigittens gestört, die, jetzt auch um ihn besorgt, ihm ihre Herzstärkungen brachte – in derselben Ecke lag heute am Vormittage Ludgardens schöner, leicht geröteter, wie unendlich verfeinerter Kopf. Sie hatte Brigitten beteuert, daß sie sich wohl fühle, daß sie eine ruhige Nacht gehabt; sie hatte darauf bestanden, Max sprechen, anhören zu wollen. So lag sie denn jetzt, sorglich von ihrer getreuen »Tante« eingehüllt, im Wohnzimmer, und Max saß ihr zu Häupten und erzählte ihr von sich, von den Seinigen, alles das, was er ihr bei seinem letzten Scheiden mitzuteilen verheißen, und, auf so unglückliche Weise, ihr auszusprechen verhindert worden war.

Er sprach ihr von dem Ehrgeiz seines Vaters, von dessen Wunsch, ihn in der diplomatischen Karriere zu sehen, von seinem eigenen Widerstreben gegen diese; um ihm die Unterlage der dazu nötigen großen Geldmittel zu verschaffen, habe der Vater seine Verbindung mit der Tochter eines Börsenbarons geplant, und er aus respektvoller Nachgiebigkeit gegen den Vater diesen gewähren, und auch mit Eifer den Prozeß wegen Nyvenheim verfolgen lassen, dessen jener zur Ausführung seiner Pläne bedurft. Und doch habe dieser Prozeß ihm etwas Beunruhigendes und Drückendes gehabt; es sei ihm von Anfang an ein fataler Gedanke gewesen, daß man ein junges Mädchen, welches doch offenbar, nach allem natürlichen Gefühl, besser berechtigt gewesen als er, um seinetwillen berauben wolle. Er habe oft an die Lage der ihm unbekannten, fernen Verwandten gedacht, und höchst erregt sei er geworden, als ihm eine Dame in der Hauptstadt eines Abends in ihrem Salon von dieser Cousine, deren Mutter sie gekannt, gesprochen und versichert habe, dieselbe leide an einer Überspannung des Wesens; in ihrer ganzen Umgegend sei man überzeugt, daß ihr der Verlust von Nyvenheim, welches sie unter keinen Umständen fahren zu lassen fest entschlossen sei, den Verstand kosten werde. Er sei sich selber nun wirklich als ein Räuber, ein Frevler vorgekommen, habe dies sodann auch seinem Vater nicht verhehlt und seinen Entschluß ausgesprochen, bevor er dulde, daß ein weiterer Schritt geschehe, die Cousine sehen, kennen lernen, sich selber von ihrem Wesen überzeugen zu wollen, von der Wirklichkeit der Gefahr, wovon jene Dame ihm geredet. Sein Vater habe das zugeben müssen, und da er nicht als ihr verhaßter Prozeßgegner vor Ludgarde treten und unbefangen mit ihr verkehren können, habe er schon unter dem fremden Namen, und mit dem Vorwand juristischer Hilfe, sich bei ihr einführen lassen müssen, wie es geschehen. Was er ihr dann als Jurist geraten, sei eigentlich eine Perfidie wider seinen Vater gewesen, zu der ihn die Teilnahme für Ludgarde verleitet, da damit für diese ein Aufschub und ein Zeitgewinn zu erreichen gewesen. Denn tiefste Teilnahme habe ihn bei ihrem ersten Anblick ergriffen und mit jeder Stunde, die er sodann weiter mit ihr verlebt, sei er von dem Zauber ihrer Erscheinung mächtiger umstrickt und gebunden worden.

»Sie haben die Stärke und Gewalt der Leidenschaft, welche so rasch Herr über mich ward, als ich mit jedem Worte, welches Sie zu mir sprachen, die Stärke Ihres Herzens und die Klarheit Ihres Verstandes, die Höhe Ihres Geistes verehren lernte, Ludgarde, nicht ahnen können – ich bin eine stille, an sich haltende Natur. Ich konnte auch nicht um Ihre Neigung werben, bevor ich die Täuschung gestand, die ich mir erlaubt hatte, und so sehr ich diese Täuschung zu gestehen wünschte, so schwer wurde es mir doch, weil ich sie motiviert gestehen mußte mit etwas für Sie Verletzendem: ich mußte Ihnen sagen, ich kam, weil... nun, wozu es wiederholen, was mich dazu brachte, unter falschem Namen zu kommen, um Sie und Ihr Wesen kennen zu lernen? Als ich das letzte Mal von Ihnen ging, war ich jedoch entschlossen, am andern Tage mich offen vor Ihnen auszusprechen, Ihnen alles zu sagen, Ihre Verzeihung meiner Täuschung zu erstehen und Ihnen dann, wenn sie mir geworden wäre, auch zu sagen, wovon mein Herz voll war, voll ist. Da will das Unglück, daß ich, in den Gasthof des Städtchens hineinkommend, diesen von Gästen eingenommen finde, unter denen einer, ein Offizier, mir aus der Hauptstadt, aus demselben Kreise, in welchem ich dort verkehrte, bekannt ist. Ich kann mich der Gesellschaft nicht entziehen, und bitte nur den Bekannten, mein Inkognito nicht aufzudecken, wobei ich ihm denn gestehen muß, daß ich mich unsers Prozesses wegen dabefinde. Er willigt gern ein, diskret zu sein, beweist sich aber beim späteren Zusammensein sehr indiskret, bringt das Gespräch auf Sie, Ludgarde, von der er auch bereits in der Hauptstadt reden hören, und gebrauchte Ausdrücke, die ich ihm aufs gründlichste verweisen mußte. Vielleicht gestaltete sich diese Zurückweisung um desto schärfer, weil das ganze Auftauchen solch eines Bekannten mir natürlich überaus lästig und störend war – und so nahmen die Dinge einen Verlauf, dessen Ende war, daß ich hilflos an einer Schußwunde krank dalag und mich auch darein ergeben mußte, als mein Vater, dem ich durch den Arzt hatte Kunde geben lassen müssen, plötzlich ankam und mich entführte.«

Ludgarde hatte, mit seelenvollem Blicke ihn bei dieser Erzählung anschauend, langsam ihre Rechte ausgestreckt, und sie ihm jetzt reichend, flüsterte sie halblaut und tiefbewegt:

»Um meinetwillen!«

»Sie sollten mich tadeln wegen dessen, was ich tat, weil es so unselige Folgen hatte, die ich Unbesonnener nicht überdachte – so kopflos nicht daran denkend, wie Ihnen mein wahrer Name zugetragen werden könne! Ich dachte nur an die Auseinandersetzung mit meinem Vater, der ich entgegenging und die, sobald ich wieder Herr meiner Bewegungen war und mich auf den Weg zu Ihnen machen konnte, dann auch erfolgte. Sie war weniger stürmisch, als ich erwartete. Mein Vater willigte ein, daß ich gehe, um Ihre Hand zu werben; er selbst mochte zur Einsicht gekommen sein, daß ich zum Diplomaten nicht tauge, und wünschen, daß der Prozeß ein Ende finde. Und so eilte ich denn zu Ihnen, Ludgarde, und kam ...«

»Kamen, um mein Lebensretter zu werden,« sagte sie leise, und sah ihn an mit einer eigentümlichen Verklärung ihres Antlitzes; es war, als ob eine Taube aus diesen unendlich milden, schönen Zügen blickte.

»Ich kam, um Sie zu fragen,« fuhr er fort, indem er warm ihre Hand drückte, »ob Sie mir verzeihen können, was ich an Ihnen verschuldet habe, und sich entschließen können, die Meine zu sein, die Frau eines Mannes, der Sie unsäglich liebt und mehr und tiefer liebt, als sein unberedter Mund es auszudrücken weiß.«

»Gehöre ich Ihnen denn nicht schon?« versetzte Ludgarde, auch ihre andere Hand ihm hinstreckend. »Sie gaben mich neu dem Leben zurück: wem anders kann das wiedergewonnene Leben gehören als Ihnen, Max?«

Max kniete vor ihrem Ruhebette nieder; stürmisch ihre Hände mit Küssen bedeckend, sagte er: »O, sprechen wir von dieser Lebensrettung nicht, nie mehr – mich soll sie nur ewig daran erinnern, daß ich mir eine Perle aus einem dunklen Element geholt!«

Eigene Buchreihe oder eigenen Verlag gründen

Seit 2009 bietet tredition sein Verlagskonzept auch als sogenanntes "White-Label" an. Das bedeutet, dass andere Unternehmen, Institutionen und Personen risikofrei und unkompliziert selbst zum Herausgeber von Büchern und Buchreihen unter eigener Marke werden können. tredition übernimmt dabei das komplette Herstellungs- und Distributionsrisiko.

Zahlreiche Zeitschriften-, Zeitungs- und Buchverlage, Universitäten, Forschungseinrichtungen u.v.m. nutzen diese Dienstleistung von tredition, um unter eigener Marke ohne Risiko Bücher zu verlegen.

Alle Informationen im Internet: **www.tredition.de/fuer-verlage**

tredition wurde mit mehreren Innovationspreisen ausgezeichnet, u. a. mit dem Webfuture Award und dem Innovationspreis der Buch Digitale.

tredition ist Mitglied im Börsenverein des Deutschen Buchhandels.

Dieses Werk elektronisch lesen

Dieses Werk ist Teil der Gutenberg-DE Edition DVD. Diese enthält das komplette Archiv des Projekt Gutenberg-DE. Die DVD ist im Internet erhältlich auf **http://gutenbergshop.abc.de**

Zeitfracht Medien GmbH
Ferdinand-Jühlke-Straße 7
99095 Erfurt, Deutschland
produktsicherheit@kolibri360.de